钟敦和　著

燃烧不尽是诗情

钟敦和格律诗词续集

岳麓書社·长沙

家庭合影

办公照片

庐山

乡愁

未名湖

西陵峡风光

诗友（右一余德泉、右二熊东遨、左一魏新河）

古稀千婚纱二十年古相
依伴至春又抱孙一副
长生只求是佳零来不老
颜

题婚纱照　钟叔和句
乙未冬佳泉书

武當山月小徑客道緣遲星斗寒光劍雲霞錦繡詩迎賓花叩首步韻鳥鳴枝捲鏡仙姑應含羞怕我知

鍾敦和游武當山於扇

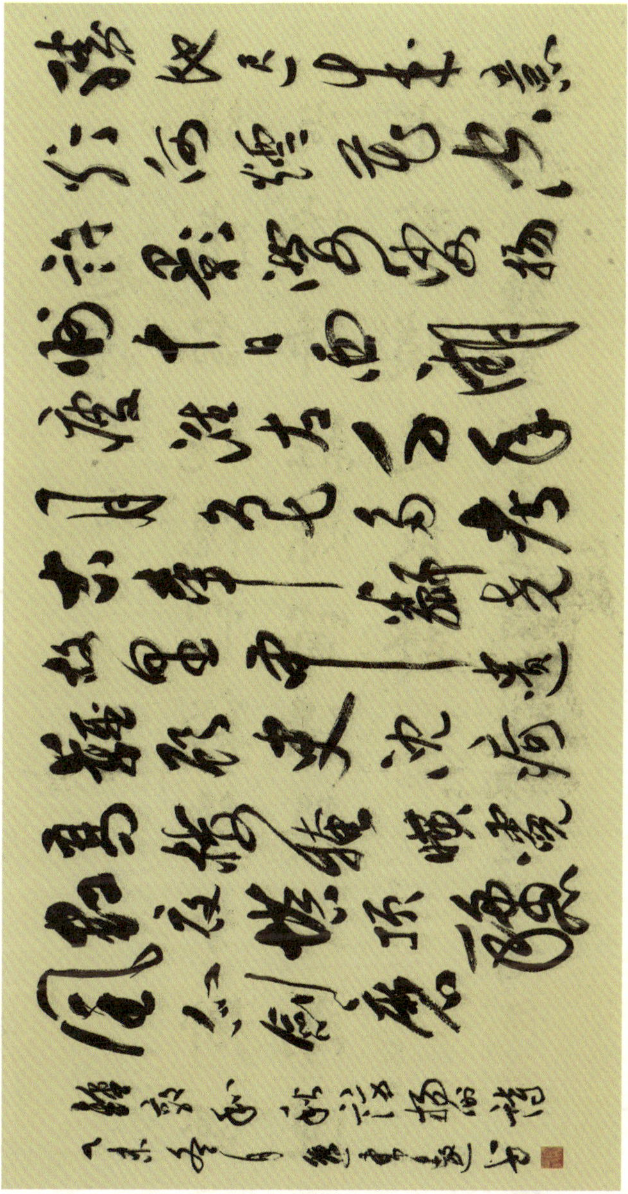

題竹溪圖

綠透窗魂憶忡谿幾分鄉趣
尚依稀經烯當還嬰嫈萬運
水游鱗進取誅

鍾敦和先生詩 乙未陳楚明書

目录

七 绝

七律

词

楹联

序

岁次甲午小寒大寒之际，湖南师范大学党委书记张国骥君电话告我：其家乡同窗、现任中国民生银行驻华南廉政专员钟敦和君有第二本诗集《燃烧不尽是诗情》待梓，欲请人审读一过，方始放心。是时正值夫人染疾于湘雅手术，心力交瘁，勉强答应下来。不久，钟敦和君即邮来书稿打印件，利用陪护夫人之隙，时阅时辍；一遍方过，敦和君自粤返湘，复求作序。以其盛情难却，只得复读其稿，勉强捉笔焉。

钟姓者，中华煌煌大族也。春秋战国之际钟无艳钟子期就已名垂青史，降至商朝微子启后裔，自气公至今已有124世，历2204年，而湖南湘阴一支据传自明代从江西万载迁来，又不知为何世何年也。敦和曾祖钟大有，官至守备；祖父钟益卿，抗日时期国民党军需处长；父亲钟雪艇，国民党军少校。敦和虽系军门之后，但自幼喜读古典诗词，高小毕业务农11年，“文革”后入读湖南财经学院金融系，继而获陕西财经学院货币银行专业硕士学位，历任人民银行湖南省沅江支行副行长、衡阳分行科长、省分行处长，民生银行广州分行、温州分行副行长，派驻华南廉政专员等职。工作之余，不辍格律诗词之阅读与写作，尤其是2008年以来成为乐此不疲之业余爱好，2013年1月第一部诗集《常新时代不老诗》由岳麓书社出版。

通观《燃烧不尽是诗情》，深感人如其名，名如其诗，敦和温厚，沉稳坚定；虽偶有偏激尖酸，但整体温厚低平，不事张扬，不弹高调。此中缘由，一因传统儒教文化之影响，中庸之道深入骨髓；二因家庭出身之负面影响，“代代勤劳当‘地主’，家家血汗受饥寒，能不泪浸衫”。(《常新时代不老诗，忆江南往事之一》）但聪明好学的敦和不甘沉沦，不愿折腰，有理想，有抱负，执着追求，酷爱国学，悟性甚高，终究出人头地，成就了灿烂人生。古语云：磨难出名人，悲愤出诗人，即此之谓乎？

我以为本诗集有如下特色：

一曰题材广泛。大而至于天下国家大事，小而至于家庭个人身边琐事，阔而至于工农商学军等社会万象，深而至于事物内里之本质联系，细而至于风起于青萍之末等微芒小事，无不吟吐肺腑，海纳其中。

如《咏鞋》：

一步难分我与君，坎坷万里共风尘。
撕磨不惜浑身破，肝胆披开见寸心。

取材虽小，喻义却大，形象鲜明，令人难忘。

又如《德国游感》：

大战双开痛楚殷，励精变革始翻身。
政经发力锋芒好，朝野同心悔恨真。
宝马奔驰驮大众，柏林盟约淡三军。
古稀可庆联邦寿，绿水青山似早春。

一幅二战以后德意志联邦复兴之图画，赫然在目。大笔如椽，极有概括力度。

又如《风水师王林》：

王林弄鬼并装神，风水师爷卦象真。
石作靠山迷内阁，蛇逃俗眼戏昏君。
谎言累牍生邪说，信仰危机近艺人。
欲使荒唐尘世净，公堂喉舌莫欺民。

这种题材，一般作者难于涉及，也不屑于涉及，可作者乐于烛照，勇于揭谛。

又如《雅贿并序》：

中纪委说，不少贪官以高雅自居，大量收受索要玉石、珠宝、字画等昂贵文物，以为这些属爱好，不涉及贪腐。

官场风雅见文明，玉石晶莹字画轻。

方便携藏难得腐，高人爱好价连城。

这是腐败分子之新动态，是深层次之贪腐行为，也被作者及时牢牢抓住。

又如《36颗茂名荔枝拍卖4万元》：

千金一颗荔枝红，此物曾经属后宫。
啖罢贵妃娇吐核，茂名留种此园中。

这是发生在当年专供杨贵妃享用之荔枝园中细微小事，也被诗之审美触觉触及到了。

所以，在作者看来，“花开花落暑寒更，物候人生共寂荣。只有性灵关万象，燃烧不尽是诗情。”性灵者，作者之悟性与灵感也。如此包罗万象之诗作，虽难誉为当代诗史，却可视为作者生命之歌唱，改革开放时代之折光。

二曰命意高华。其所以广纳题材，吟咏不止，此与作者为人处世之积极态度密切相关。作者身世坎坷，但持高雅的视角观察世界，体察万物，又以饱满之热情、怀抱，渗透人事，润泽诗句。美其所美，丑其所丑，却无半点消极颓废之感。刘勰《文心雕龙·明诗》篇云：“人禀七情，应物斯感，感物咏志，莫非自然。”又说：“在心为志，发言为诗，舒文载实，其在兹乎。”能够做到“应物斯感”，自然隽永，不会做作，不存娇态，能够注意“舒文载实”，就会有文有质，不尚空谈，有的放矢。高者，高雅，高尚；华者，华鲜，华美。这在诸多反腐倡廉、歌颂伟人伟绩和同情弱者、劳动者诗篇中均有充分体现。

如《马年将至中央布置猛药重拳治腐》：

卅年变革腐贪多，贫富悬殊问奈何。
蜀相有谋施重典，秦医无药去沉疴。
踏平世道驹将到，指向官场剑正磨。
莫对寒潮生叹息，春风不日过黄河。

诗旨十分明确，抓住“贫富悬殊”这个关键，且能扣住“马年将至”、“猛药治腐”之时空特点，切题切意。

又如《读党政机关厉行节约反对浪费条例》三首之一云：

人心惬意在当官，戴上华冠事不难。
俸禄虽微家自富，钱财未损物常攒。
车行万里谁交费，酒醉三更国买单。
罪恶源头无制度，良心深处问何安。

同样着眼党政机关腐败高深之处：无制度！将中央一再强调要把权力关在制度的笼子里之理念，作出如此鲜明生动之表达，构思良深。

十分可喜之处在于作者能把诗词联之命意、宏旨浓缩在精美的词句之中。

如《临武城管秤砣打死小贩》之结尾：

仅是冰山横一角，三更谁与哭斯民。

《建成到白水砖厂打工》之结尾：

且把斯文和厚道，拌成精料作红砖。

《次韵何永辉〈春雪〉》：

岭上初飞雪，窗前六出花。
为寻清净处，多落到何家。

《陈俊贵终生为战友在天山守陵》之结尾：

边疆墓远终生守，不守良心似箭穿。

《夏夜公园见闻》是一首五律，旨在讽世，前三联六句全在铺垫，尾联点题，入木三分，文辞巧妙：

夏夜汗淋漓，时装近出奇。
裤裆三角短，胸罩两峰低。
挽臂非情侣，疯言像野鸡。
轻佻何致此，变革世风西。

《厦大副校长吴世农婚外情被妻毁容》是一首七绝，抨击尤其深入骨髓，痛快淋漓：

风流校长野情浓，婚外红颜问几重。
怨妇硫酸浇错位，未伤混蛋误伤容。

《安徽泾县官警挖开民坟焚尸》一诗，两句叙事，两句说理，诗小旨宏，驰想开阔：

恨莫深于挖族坟，未寒尸骨泼油焚。

安徽官警横行处，伤透皇天百姓心。

这类锦言妙句，刘勰在《文心雕龙》中称为“隐秀”，特立专篇予以论述，虽然此篇多有缺漏，历来存在争论，但其基本精神是不容否定的。何谓“隐秀”？刘勰说：

“隐也者，文外之重旨者也；秀也者，篇中之独拔者也 。隐以复意为工，秀以卓绝为巧。”

所谓“重旨”、“复意”，均指除字面意义外，尚有言外之意，弦外之音，韵外之味。这全部由诗人感情深厚，思想扎实所决定，而且是自然形成，并非穷思苦虑雕琢而成也！

有鉴于此，建议作者将其先祖钟嵘《诗品序》、陆机《文赋》、刘知幾《史通·叙事》、欧阳修《六一诗话》、刘熙载《艺概·词曲概》以及《文心雕龙》之《神思》、《养气》等篇作一系统全面的学习领悟，并参读汉魏六朝以来之优秀作品，以期提高隐秀理论之理解水平，并有效地指导今后之创作实践。

三曰格律娴熟。收入此集作品，牵涉到诗律、词律、联律，对于一般作者此谓不言而喻之事，但对于一个并非文学专业出身而终身从事金融事业之作者而言，没有家学渊源、没有执着追求、没有勤学好问、没有反复历练，是不可能做到“格律拈来绕指柔”的。就诗律而言，不但叶平声韵的平起 、首句入韵不入韵之诗式、仄起首句入韵不入韵之诗式都有所运用，而且叶仄声韵之诗式、古风等都有所尝试。就词律而言，不仅小令、单调各种词牌能够运用，而且长调、双调等各种词牌也能运用得法。就联律而言，通过诗词对仗句式之历练，也能做到驾轻就熟，灵动自如了。

比如《纪念九一八 · 用黄巢韵》：

又是人间九一八，疯狂日本真该杀！

旧仇未报再垂涎，钓鱼岛上金龟甲！

又比如《回长沙次韵肖柏跃〈题晚年习书〉》：

愚顽亦想习书法，握笔僵如左手划。

风流只羡右军毫，意气凝成撇与捺。

黄昏漠漠到长沙，满目霓虹续晚霞。

莫怨寒云掩新月，银钩不耀俗人家。

又比如《南歌子》：

花甲惊心近，功名着意藏。微风犹送晚荷香。望处云霞轻渡、钓丝长。

啼哭三年饿，耕耘四季忙。闲冠薄俸已非常。应是前人德厚、我叨光。

这类小令、单调往往一吟数首，一气呵成。又比如《沁园春》：

近体诗词，韵味无穷，兴寄性灵。看春花秋月，万千姿态；文人墨客，点滴风情。律绝随题，短长逐意，物我交融醉不醒。凭谁说，是闲催志趣，雅浸心声。

生来岂慕虚荣，却朝夕痴迷探仄平。任葡萄美酒，壶中天地；凤池佳誉，世上功名。聚合神魂，晨昏咏叹，一卷粗刊梦近成。头已白，恨书山太远，举步难行。

这类长调，象扬州慢、水调歌头，雨霖铃等，也可信手拿来，填充情趣。本篇已言及诗词作法，感从心出，真实可信，读者宜留意焉。

又比如《闲语联》：

百岁人生，几番拼搏。说什么用舍行藏：青云未上，白发先疏，清风两袖。却赢得闲吟终日，饱食三餐；任由他半夜敲门，通宵熟睡。

揪心恩怨，累世功名。莫辜负春花秋月：屋角桃红，篱边菊灿，俗韵孤笺。幸不曾紫陌寻莺，公庭逐利；只希望书强贱体，墨润愚忠。

上下两联对得工整严实，但又灵动自然。既有意义上之工对，又有活泼之联内自对，贴切于作者身世，又具普遍教育意义，平仄声韵几乎无懈可击，堪为上上联语。

四曰秉性温柔。作者以其家世之累与其本身之不幸，在描述社会万象，抒发个人情志时，免不了承传“温良恭俭让”之传统，表现出一种仁厚谦和风格。此与和谐社会、法制国家和共圆中华强国梦之环境非常适宜，且是非常必要。

作者参加工作后，基本上生活在银行系统，接触之人无非是同学、同事，上级领导，下层民众，再加上家乡之亲朋戚友；遇到之事，大多局限于这个圈子里面，除此而外则是人所共知的天下国家大事。他以一个金融家之仁怀厚德，以一个诗词家之慧眼视角去写人述事，自然不可能是咬牙切齿剑拔弩张之姿态，只能如春风拂面、夏雨解凉、秋阳高照、冬日宜身。这在其与同窗、亲友、诗朋、词侣、上司、下属以及子孙后代的次韵、唱和、赠签、应酬作品中，均可找到例证。如：

天真浪漫四年书，走出乡村上仕途。
岁月如梭双鬓白，重逢依旧似农夫。
——老同学何永辉罗聿来广州

郴江山月照迷津，酒绿灯红醉几人。
三十年来温旧事，秋风今夜又凉君。
——戏赠友人

君生忠厚我生痴，六载长沙共事时。
流落岭南何得意，上司已入凤凰池。
——致央行纪委副书记徐联初

可笑传谋不厌频，浮言自许万千恩。
漫天贪腐红人眼，皆想当官食子民。
——次韵世明《看新闻》

恩师母去楚天悲，二月哀声听挽雷。
懿范染成江水绿，流芳可远不能回。
——杨老师母亲仙逝

娇女新登大学门，陈辞拿票见天真。
丝毫不像愚翁土，竞选班中小主人。
——女儿竞选团支部书记

生来本是苦中人，二妹多年捷报频。
正值秋闱金榜放，凤凰池畔抱龙孙。
——二妹得孙

集中略显锋芒者，莫过于评论某历史人物之晚年过失，但现在看是众识所归，大家渐渐能够接受的。《无题》：

伟人花甲又重圆，地下长眠应未眠。
不朽文章尘垢厚，非凡成就史书湮。
三分清醒除贪吏，一塌糊涂是晚年。
饥饿斗争何太烈，灵魂忏悔属当然。

有朋曾经提醒敦和，有些题材有些诗词不妨尖刻些，激越些，但他始终激越不起来，不寒不火，平稳如前。即使对于磨刀霍霍，意欲使军国主义在日本复活之安倍晋三，他也只是义愤填膺，摆史实，讲道理，绵里藏针，偶尔闪现一两句要付诸行动的话。请看如下诗篇：

《七七事变和南京大屠杀七七周年祭》

重逢七七事殊惊，倭寇疯狂再点兵。
夫子庙前魂尚泣，卢沟桥畔血犹腥。
冲冠发怒屠城恨，入梦牙磨卫国情。
安倍尽诌儿戏语，三军解禁说和平。

《南京公祭》

铜鼎掀开道义彰，金陵公祭旧时殇。
心随白鸽翔东海，恨化青烟入大荒。
冤骨冢高堪树警，病夫狮醒正图强。
安倍妄语频挑衅，国会从容敬一章。

《安倍晋三修宪》

修宪阴谋在拥军，法西斯寇又还魂。
重燃抗日华人怒，国恨家仇跃五云。

《甲午战争120周年》

战争花甲再重圆，怒火依然上九天。
踏破东洋三尺岛，取吾肝胆也无言。

五曰文辞俗雅。唐代大诗人白居易写诗要使老妪能懂，接近下层人民，从而誉为“人民诗人”，历代读者甚众。作为“常新时代不老诗”之作者自然要接地气，要代表草野心声，要为改革开放事业鼓与呼。敦和在集中多次表明心迹。《谈作诗答友人云》：淡淡平平不露痕，明明白白浅中深。性灵只重音言色，典故虽无却动心。《酬世明“树人树木正当时”美意》亦云：年追花甲树人迟，只有揪心几句诗。惜不从头温岁月，春风裁剪眼前枝。《论诗两首》或恐是其作诗宗旨：

诗意空蒙在性灵，云霞变幻草青青。
真情扣得心弦动，韵味缠人醉不醒。

仄平两字架长虹，妙在难言趣未穷。
岁月如常双鬓白，诗词不朽一枝红。

持此宗旨写成之诗词作品，上接天线，下禀地气，雅俗共赏。笔者以为比那些斗钉词藻，堆砌典故，要看很多注解方能读通之作品要高明得多，受读者欢迎得多。时下有诸多诗词以高深为尚，以掉书袋为荣，读来比读《唐诗三百首》还感困难。此风有悖于时代，也有违于古体诗词发展之方向，断断乎不可取。

此诗集之不足在艺术手法方面：赋法太多，而比兴嫌少。铺陈人事固然能形成意象，造成意境，但使用太多，即显单调，呆板，不若多用比兴手法，更见生动形象，感人肺腑，让读者获得更多审美意趣，审美陶染。

临了，近期与敦和就本集之付梓事宜有几首唱和之作，续貂于此，或可有助于理解敦和之人及敦和之作焉。

读《燃烧不尽是诗情》：

不尽骚情不可沽，人间万象咏无余。
辞搜语典成今古，韵押须臾察有无。
欲购洛阳天下纸，拟成世界百科书。
诗江词海诚如此，历代诗家也愧如。

次韵钟敦和君二首

钟家先祖有仙姿，我辈拜风已悔迟。
辞却丹青沉岳麓，来寻平仄习诗词。
文章自古经邦世，歌舞今成热话题。

雅好固同欣幸事，名门沾雨适春时。

吟公天命不曾休，格律拈来绕指柔。
不是五车储学足，何成分秒韵如流。
身居银厦交游广，道在公门理论周。
满目森森皆意象，岂容笔墨久勾留。

《文心雕龙·知音》云：知音其难哉！音实难知，知实难逢，逢其知音，千载其一乎！我于敦和了解甚少，有愧知音，世明吟友，国骥书记，应为知音。但以上所序，决无“会己则嗟讽，异我则沮弃”之意，所序当否，有赖于敦和君本身和读者大众。

是为序。

张会恩　甲午腊月于晚香庐

注：张会恩，字子活，号介都，湖南桃江人。湖南师范大学文学院教授，中国文章学研究会副会长，全球汉诗总会副会长。从事现代写作和古代诗词写作的教学与研究近五十年，其主要论著有《文章学史论》《文章学初论》、《文心雕龙诠释》、《现代实用礼仪写作》、《晚香庐诗文》、《晚香庐诗文续集》《晚香庐诗文三集》等。总计各种著述逾五百万字。

自序

2013 年 1 月，我首次出版了格律诗词集《常新时代不老诗》。尽管这部诗集并不完美，但它的公开发行对我却是一种莫大的鼓励。从那以后，我的诗词创作热情似乎更高，不论是 8 小时内外，还是居家旅游，也不论是园林散步，还是社交应酬，案几上，提包中，都是关于格律诗词的读物；头脑里，心款上，都是关于格律诗词的意象和思维。可以说，格律诗词既是我的存在形式，也是我的思维方式。当人从几十年繁忙的工作中逐渐退出时，有这样一种令人着迷的爱好或追求，实在是很幸运的事情。正是在这种近乎痴迷，近乎激动，近乎忘我的诗词品味和创作过程中，三年来我又创作了 1400 多首诗、词、联等作品。其中，约 1100 首收入到这次出版的续集《燃烧不尽是诗情》中。在创作、整理、编辑续集以及与诗友分享、交流的过程中，似乎又有如下几点新的认识和体会：

第一，格律不是对人创造思维的束缚，而是人们用来创作近体诗词时最便捷的思维工具。许多人包括有些大人物都曾说过格律束缚人的思想。我不这么看待。我认为持这种看法的人是忽视了人类战胜困难的主观能动性。可以举出很多例子来说明这种束缚不存在，例如，让一个泥水匠去干木匠的活，木匠的斧头、锯等工具对泥水匠来说都是不适应的，不知如何是好，手脚使不出劲，形同于被束缚了。反之亦然。因此，我们不能说木匠的活不能学，因为木匠的工具束缚人，也不能说泥水匠的活不能学，因为泥水匠的工具束缚人。再如像中国人说外语，初学时肯定说不好，但不能说外语束缚了人的思想，实际情况是我们的语言表达能力无法驾驭外语。人们之所以认为格律束缚人的思想，实际是还没有真正掌握诗词的格律规范和每个汉字的平仄属性。不熟悉不掌握就不存在束缚与否。就我个人的实践看，格律已经内化为诗词创作思维的自觉机能，不论是欣赏别人的作品，还是自己创作，格律规范都十分敏感，稍有出格即可发现。正是这种对格律的灵敏把握，使我的诗词创作之路越走越宽。

第二，掌握好入声字，是欣赏、传承、发展格律诗词，让传统文化插上时代翅膀，反映时代生活的必要条件。入声是汉字声韵体系的重要组成部分，它既产生于我们先人几千年语言交流的社会实践，又是构成中华传统优秀文化特别是诗歌声韵的重要元素。这种属性在《诗经》、《楚辞》中都有充分体现。定型并盛行于唐宋流行于此后历朝历代的近体诗词，更是把入声作为诗词格律的重要构成。几千年以来，尽管朝代在更替，语言在变化，政治诉求和价值取向在翻新，但入声作为格律诗词的音素却一直传承了下来。没有入声的普通话自元朝作为官方语言执行以来，已历 700 多年，在此期间，文人雅士们在创作格律诗词时却并没有受普通话的影响而排斥入声。相反，入声在与普通话争咏的同时，却被格律诗词完整地保留下来。这种保留历经几百年而不变，应有其内在深刻的历史必然。其中最重要的原因就在于对中华传统优秀文化——格律诗词的传承和发展。不把握好入声字，就无法认识前人近体诗词的格律规范，从而传承和发展格律诗词就成为了无源之水。时下有的诗词作者以格律诗词应与时俱进为由，反对入声入诗，实际上不利于传承中华传统优秀文化。语言是随着统治集团的更替和政治中心的变迁而变化的，相对于历史长河，语言语音的特色具有暂时性。而文化一旦形成传统被人类传承，就会在相当长的历史时期相对稳定，形成历史权威。正是基于这些认识，在本续集中，我更自觉地坚持了作品中的入声规则。

第三，感情真切是诗词感动读者，传达审美情趣的重要元素。古人云，诗言志。钟嵘在《诗品序》中说，“气之动物，物之感人，故摇荡性情，行诸舞咏”。一首好的诗词，除了其艺术表现方法有可称颂处外，一定渗入了作者真实的感情 。没有感情的诗词虽然符合格律规范，却缺失灵魂，只是文字游戏而已。当然，感情不是凭空产生的，不是想有就有。感情必然产生于作者对被吟咏对象的某个方面所感动而形成的情感，并真实地将其反映到诗词中。没有作者自身的感动，就没有渗透于诗词的感情，从而，作品就不可能感动读者。不能感动读者的作品，就不会给人留下美好的记忆，更谈不上流荡于历史长河。

感情来源于作者对物象的感动。但物象给人的感动可以是多方面的，不同的人可能会有不同的感动，同一个人在不同情况下也会产生不同感动。诗词是给别人看的，好的诗词必然会产生感动人，影响人，感染人的社会效果。因此，我们投射到诗词作品中的感情就必须是积极的高尚的正能量的感情。任何消极的情绪，庸俗的情感甚至腐朽没落的人生观，一旦融入诗词，就不仅会污染社会，实际上还会倍加伤害作者自身。

第四，大量阅读是创作的不竭源泉。“书到用时方恨少”，这句话是千百年来被文人墨客反复证明了的创作真理。只有大量阅读，特别是阅读古典文学作品，全面了解我国悠久的历史，灿烂的文化，生动的典故，创作时才会得心应手，左右逢源，诗思泉涌。阅读既要阅读经典，也要阅读不同风格不同流派的作品，了解前人了解时代对文学作品的倾向，从而把握好自己的创作方向。很难想象一个知识基础不牢，知识功底不厚，知识结构不合理的人能够创造出优美感人的好作品来。只有能大量阅读，并能在阅读基础上深入思考有效吸收的人，才有可能不断创作出有生命力的好作品。

第五，实践活动是激发创作灵感的重要机关。创作过程中常常有这样的体会，有时好几天写不出作品来，勉强写了，也很乏味。但只要走出去，经某种事物触动，灵感一下子就来了，写出来的东西也很有诗味。根本原因在于,诗词等文学作品是形象思维，是生活的反映，只有走出家门，走向自然，投身到丰富的实践活动中，长期积累且已经沉睡在大脑中的诗词创作细胞和创作灵感才有可能被某种外在的物象瞬间激活，从而创作出鲜活的作品来。当然这种实践活动可以是正在进行的实践，也可以是过去完成的实践。不论是哪种实践，作品创作都需要思维与实践发生碰撞才会令人兴奋地产生。对于已经完成的实践，这种碰撞就发生在记忆中。没有实践的触发，没有对实践的回味，闭门造车，就不可能创作出生动的感人的作品。

《燃烧不尽是诗情》的出版得到了湖南大学张会恩教授、广州《诗词》报原总编辑梁鉴江先生以及岳麓书社的大力支持。张会恩教授在爱妻重病住院期间边陪护妻子边为本书撰写序言，其情其景令人感动。梁鉴江先生在业界享有极高声誉，也不吝为本书题写书名，呵护之情足以铭心。岳麓书社文学编辑部杨云辉主任为本书的出版发行提出了很好的建议。值此续集发行之际，特向张会恩教授、梁鉴江先生、杨云辉主任表示衷心的感谢！

在此要特别感谢众多与我交流互动的诗友。利用现代网络平台，诗友间有很多交流机会，或者是直接提出改进建议，或者是给予点赞，或者什么表示都没有。冷静分析这种种情况，每种情况都是对作品的评价，包括无声的评价。没有诗友间这种具有现代特征的交流和帮助，个人的收获或进步会逊色很多！

最后，也要感谢内子蔡雪辉。在日常创作过程中，妻子给了我大力支持。她不仅承担了绝大部分家务，让我能集中精力于学习和创作，而且大部分情况下她是我作品的第一个读者。她有较灵敏的诗词悟性，能针对作品提出很好的完善建议。近来她自己也开始创作诗词。

由于个人水平有限，诗集中的缺点和不足在所难免。恳请各位诗词先进、广大诗友以及文学爱好者批评指正。

钟敦和

2015 年 10 月 26 日于广州

五　绝

立春

柳末生机蕴，梅梢暖气氤。
心灵通造化，天地赏新春。

立春夜园林散步

左右拳划急，来回步踏轻。
枝头传鸟语，人影伴春生。

春晚情

一杯除夕酒，几句拜年诗。
春晚情无限，天涯共此时。

新春内子 50 初度席上

举杯怜发白，许愿见桃红。
百岁缠绵半，三生护守中。

乡友徐兴楚来花城

兴楚靠何人，湘阴一小民。
春归南粤夜，乡友喜逢君。

春晨三首

一

谁得春风早，初开绿叶枝。
东方霞已露，鸟唤起床时。

二

岸柳芽初吐，山桃蕾欲开。
风甜虫鸟醉，晨语竞诗才。

三

鹤发轻松影，童颜太极人。
抬头霞日近，出手柳枝新。

武夷茶

昨喝武夷茶，清香众口夸。
芬芳才隔夜，不忍刷晨牙。

游珠海两首

一、海边早晨

红日生沧海，霞光镀彩衣。
弄潮人出没，剪浪燕高低。

二、红树林

红树林中走，秋深万木荣。
鱼从腿下窜，鸟近发梢鸣。

欧洲行之英国

盛夏作西游，英伦似有愁。
曾经日不落，当下已先秋。

马年初六驱车到岳阳县媳岭村访何永辉

马头寻挚友，春色满轩窗。
道上松崖险，情融楚水长。

次韵何永辉《春雪》

岭上初飞雪，窗前六出花。
为寻清净处，多落到何家。

散步遇雨

黄梅时季雨，突袭步行街。
不到河边走，当心也湿鞋。

聚会

昨夜同乡聚，归来叹息频。
囊中羞涩汉，岂想作将军。

傻吟·用胡培源韵

白发乱还稀，哼吟似着迷。
几行平仄字，弄到日偏西。

听吟诗

窗外夕阳红，诗人兴正浓。
声随情节换，轻重似敲钟。

梦秋

昨夜北风凉，迎秋天赐雨。
痴人在梦中，醒后炎炎苦。

次韵叶福庆《无题》

孤枕待边词，秋深露白时。
归鸿先后过，皆不理相思。

叶君原玉：剪烛赋新词，帘摇月影时。低眉声渐涩，一句一相思。

全球汉诗总会诗友聚广州天河大厦

汉诗如皓月，光照满人间。
今夜天河畔，群星拱可怜。

并州秋晨

北地秋风劲，云霞共护山。
隔窗观物象，卷叶已知寒。

次韵岩石劲松《盛情》

四海人潮涌，相知不问庚。
只愁离别后，无处诉阴晴。

次韵老黑《煎鸡蛋》

嫩火煎鸡蛋，扶元骨格强。
闻风邻问讯，贵府是何香。

五　律

端午抒怀次侯立兵博士韵

道险偏求索，时人复古悲。
楚天渔父叹，湘渚贾生弥。
一梦千年远，千舟一箭追。
漫迎佳节到，横笛对荷吹。

挽乔石

驾鹤乔公去，斯民浩叹生。
安邦依法治，净吏系纲明。
晚照孤峰秀，浑流一柱擎。
曲高相和少，贪腐欲淹城。

乘机回广州

满怀羁旅苦，挥手速登机。
日影天心近，云峰脚底移。
不愁南国远，却笑泰山低。
着陆花城畔，平安报老妻。

小客人并序

陈涛杨时敏夫妇女儿陈芝菲，杨志单淤夫妇女儿杨宛臻均三岁，周末随父母来我家，玩得开心，童趣可爱，兴致成诗。

两个小痴娃，春天到我家。
楼梯扶柱上，扑克像娘抓。
抢吃拳先出，争喧嗓欲沙。
啼时还尿裤，抹泪又哈哈。

题小外甥孙女杨宛臻

杨家小宛臻，活泼更天真。
一笑如苞放，三餐似虎吞。
血缘何日识，印象外婆亲。
又到东晖苑，登楼不再蹲。

妻瘦

不是减肥人，无言自细身。
女儿高考近，母念杞忧深。
一夜醒多次，三旬瘦几斤。
耽心丢重点，兼虑远家门。

毕业三十年同学海口聚会

海口薰风淡，湖湘学子临。
小阳春正好，高度酒多斟。
意态三分纵，情缘一曲深。
明朝离别苦，今夜倍倾心。

武汉见同窗雷鸣时正病后且待迁升

武汉见雷鸣，难分惑与惊。
眼深头发白，身瘦话音轻。
迈步青云路，填胸赤子情。
江城三十载，好梦入涛声。

在湘窗友再次聚会迎邓明伍海外归来

长沙初入夏，老友再干杯。
黑发为谁白，红颜念尔灰[1]。
三分游子涩，万里彩云归。
无限重逢意，今宵尽醉陪。

注：①邓在校时有恋人名红颜。

妻备考高级职称

拟考职称高，归时着锦袍。
三更灯尚亮，一股气无消。
梦庆难题解，妆成老态骄。
帘开红日上，望处路非遥。

母亲逝世

正是平安夜，登程赴九泉。
寿高多受罪，人厚不鸣冤。
儿女生前债，纸花死后钱 。
万般皆放下，思念却无边。

夏夜公园见闻

夏夜汗淋漓，时装近出奇。
裤裆三角短，胸罩两峰低。
挽臂非情侣，疯言像野鸡。
轻佻何致此，变革世风西。

到南宁会谭目杰

聪明谭目杰，立足在南宁。
脑壳全花白，眉毛八字横。

言谈无怨恨，厌恶比输赢。
早晚多怀旧，乡情似我贞。

伊顿公学（贵族学校）

伊顿为谁办，公侯伯子男。
皇权绅士护，帝国栋梁担。
落日无回首，流河不上山。
英伦三岛事，名校也空谈。

温莎城堡

游旅识温莎，英皇世代家。
石城芳草地，龙椅绣床花。
碗盏元明制①，刀枪壁架斜②。
御林军换哨③，落日尚余霞。

注：①英王室瓷器很多是中国元、明时产品。②当年帝国殖民用的武器还斜挂在墙上或展架上。③英皇室御林军每天还在向游人表演着换岗的仪式。

长沙诗友聚会

长沙仲夏中，明月照星空。
老友情怀雅，新朋格调同。
湘江通粤海，财税护金融。
共享诗词趣，人生韵味浓。

五十九岁生日用晓廷《散步》韵

寿庆对谁歌，人生剩几何。
匆忙追甲子，苦乐记心窝。
善举千回少，谎言半句多。
江流淘万古，不朽是东坡。

咏莲花用世明韵

出水几枝红，曾经际遇同。
淤中身未染，风后秆难弓。
常引蜻蜓立，时迎浪沫重。
何人题晚艳，香气溢无穷。

酬世明《悲壮人生》见示

雨后夕阳红，清凉近海风。
临秋心不老，蘸墨句难工。
报国尘缘浅，轻财祖训同。
天涯收雅韵，无愧白头翁。

次韵建成《新年相聚致敦和》

相聚马年春，江湖每念君。
真情难尽说，厚谊苦常分。
海内来回客，空中起伏云。
诗书和礼义，有幸属同群。

次韵世明《校园散步》

银钩露校园，漫步踏轻烟。
耳享吟书趣，心生报国甜。
蹉跎今日止，发奋乃翁传。
莫怨桑榆晚，清辉也是缘。

次韵世明《林中散步》并致晓廷

心中明月照，梦里彩云流。
结得三生幸，挪成二线幽。
愚忠宜续守，恶念岂能留。

一卷通今古，尘缘尚可投。

移刺藤瓶

短短尖尖刺，弯弯曲曲藤。
锥人能见血，附壁不扬声。
斩断招风干，搬开碍步瓶。
日常来往处，从此可安宁。

十六周年

岁月逝如烟，经营十六年。
红颜成老太，皓首失良缘。
苦累无从诉，辛酸不忍言。
规模近千亿，心血在中间。

大扫除

假日扫庭厨，家人共去污。
四肢难发力，两眼渐迷糊。
女笑真颓父，妻讥是老夫。
始知皆往矣，花甲正追吾。

纪念活动

匆忙事恐迟，四处大筹资。
花甲重圆日，神灵复活时。
航程迷去路，香火问前师。
读报同谁笑，题来又写诗。

亲友聚会

时序近新秋，忘年聚酒楼。
举杯应尽兴，谈话拟分忧。

苦涩磨今日，辉煌在后头。
将来吾退下，诸位待封侯。

看世界杯足球赛

注目在球场，中宵直播忙。
四年多渴望，两足尽疯狂。
格斗如狼虎，输赢系帝王。
几番厮杀后，彪汉泪汪汪。

高官登广告拒收红包

广告拒红包，官员出绝招。
悲欢连病痛，节日与生朝。
都道门难进，皆知礼最高。
人情权柄动，各自细推敲。

九旬老太收七十年前丈夫阵亡通知书

一别洞房前，相思七十年。
天天魂魄失，夜夜泪花蔫。
要饭灰篮在，啼儿白发全。
今朝收朽骨，圆梦再同眠。

不雅视频风波

视频伤老毕，非礼外人前。
议祖言无逊，谈兵语不虔。
星光虽大道，丑陋已多年。
试问传媒界，因何捧上天。

谷雨夜聚毛家饭店拈韵得乾字

八卦首推乾，毛家饭店拈。

晚雷催谷雨，高见论诗篇。
异议人犹忌，恭维我亦嫌。
今宵逢韵友，大道示吾前。

长沙访友用侯立兵上巳分韵

访戴到长沙，厚谊缘何种。
谈史夏商周，论诗风雅颂。
梨知北海轻，道取南华重。
同佐五言题，侯君佳韵共。

立夏怀春

草肥枝瘦处，初夏已然回。
舌老莺遗恨，花零燕惜泥。
欲寻春远近，还怪眼凄迷。
旧地临风立，余香尚染衣。

出席全球汉诗总会汕头国际研讨会

海生潮汕地①，呼唤汉诗歌。
古韵韩江雅，时风大陆和②。
痴骚溶骨髓，格律去愁疴。
春尽吟家聚，堂前白发多。

注：①“生”字既表此地为海滩堆积而成，也借用五行生克的含意。②出席研讨会的会员有许多是来自世界各地的华裔。

暴雨

气象黄昏变，天天正点来。
破城云爆炸，穿石雨春开。
屋漏邻翁哭，巢倾鸟语哀。

上苍非太狠，只为净尘埃。

乡情乡忆

绿水青山处，铭心刻骨真。
举杯尊父老，分物济乡亲。
鸡犬相闻夜，蜂花互渡春。
湘江波浪阔，名改近吾村。

立秋日次岩石劲松《黄叶》

北风犹未紧，庭树已飘黄。
做罢三生梦，留存一段香。
金秋虽止步，尘世已流芳。
此去成奇迹，燃烧点点光。

8·18 阿婆炒股用汪良忠博士指定瑞韵

阿婆何拭泪，股指从天坠。
半日语难清，三更人不寐。
囊倾果腹钱，梦见生财瑞。
深绿砸盘时，心肝犹哭碎。

山茶花诗社相约迎秋

山茶花社好，都是爱诗人。
出口皆成韵，开篇可动神。
情怀天地鉴，意境古今新。
相约迎秋日，同吟本性真。

边思用抱朴书生韵

金秋生白露，鸿雁杳边声。
午夜人难寐，长城月未明。

缘由前世定，债问几时清。
莫擦尘封镜，纹丝最动情。

全球汉诗总会诗友聚广州天河大厦

秋风移月魄，鹤影渡天河。
酒助三分态，心和一串歌。
青灯怜我老，白发任他多。
曲尽诗中妙，今宵墨共磨。

全球汉诗总会诗友聚天河大厦次柯培忠韵

百越骚坛客，乘秋带月来。
闲情声韵趣，陌路汉诗媒。
笔下荷难老，心中菊又开。
天河排座次，不怕酒千杯。

中秋夜致诗友用熊东遨先生韵

天上盘承露，人间律动诗。
古今圆不已，平仄好非迟。
惜别难收泪，重逢再满卮。
良宵无限意，尽在五言期。

旅馆重阳遥祭父母用抱朴书生韵

秋色太原高，潇湘万里遥。
梦回亲正待，情切子真骄。
一掬黄花泪，双重糯米糕。
青山天地外，望眼祭云霄。

珠江月诗社迎叶宝林席上

封存秋色令，雅使到花城。
韵取珠江月，诗吞粤海鲸。
南华多辟阖，北斗最分明。
共聚天河夜，千杯识弟兄。

武当山诗会两首

一

武当山月小，骚客道缘迟。
星斗寒光剑，云霞锦绣诗。
迎宾花叩首，步韵鸟鸣枝。
掩镜仙姑疾，含羞怕我知。

二

万丈南岩道，炉香染紫薇。
山随云幻出，鸟近客游飞。
太极周遭在，无为一念归。
叶黄挣扎苦，放步我忘机。

游秭归西陵峡

天工开绝境，一水劈群山。
垒坝龙宫广，临崖虎胆寒。
浪峰掩鸟足，岩壁挂云团。
久盼游三峡，西陵壮可餐。

七 绝

梦中娘

秋风落叶近重阳，午梦湘江探病娘。
瘦骨如柴言断续，孙何成绩媳何忙？

题婚纱照

牵手婚纱二十年，两相依伴立春天。
投缘一剂长生药，暑往寒来不老颜。

题竹溪图

绿透灵魂忆竹溪，几分乡趣尚依稀。
经秋个影婆娑梦，逆水游鳞进取迷。

“十八大”后访居京蔡鲁伦行长

美酒真言两不停，重逢难已近三更。
心花再怒为君放，岂顾枝头挂满冰。

平安夜贺杨志群母亲古稀华诞两首

一

杨府祥云映紫台，古稀初享再重来。
亲朋共庆平安夜，捧出蟠桃寿宴开。

二

高朋满座凯旋宫，寿拜前程福贵通。
美酒千钟人尽醉，待从杨府借东风。

乡情

赶路新年第一天，归来立足老家前。
只因受够乡思苦，井水煎茶分外甜。

乡友聚会

别后重逢四十春，樽前乡友话红尘。
三杯细品人生味，苦辣酸甜一口吞。

近家父忌日诗集出版

雪花飞似五年前，戴上麻衣一路颠。
曾捧愚儿诗句笑，长沙初版慰黄泉。

赠乡友《诗集》题咏九首

一、致林伟宏刘娟伉俪

一世良缘百世牵，伟宏慧眼识刘娟。
才高韵雅三湘女，更懂多情作内贤。

二、致陈涛杨时敏伉俪

渺渺波涛细细声，缘牵情海在民生。
温柔敏慧如琼玉，万紫千红只惜卿。

三、致杨志单淤伉俪

丽质芳姿不染淤，芙蓉花放洞庭湖。
杨家公子情无限，取得天香万念舒。

四、致张斌单希霖伉俪

希霖雅淡醉张斌，近看如花远是春。
湘鄂文星临粤海[1]，温情脉脉有缘人。

注：①张是湖北人，单是湖南人，都毕业于重点大学，又同在广州工作。

五、致朱政容

才女芳名曰政容，倾心事业爱金融。
三年奋斗初传捷，无限前程在望中。

六、致钟田

多才多艺看田田[1]，应是瑶池出水莲。
上帝怜渠风度好，令开南海化蛮炎。

注：①钟田毕业于湖南师大艺术学院。

七、致蔡婷

湘女温柔数蔡婷，红楼梦里探分明。
芳心自是怜双玉，一样多情不出声。

注：蔡婷的大学毕业论文题目是《红楼梦研究》。

八、致熊兆平

兆平心细更灵通，傲立湖湘子弟中。
坐在银行金柜上，美人瞧见眼皆红。

九、致周玄哲

一路迷茫到海边，花城人事听时玄。
男儿有志无难事，自古英雄出少年。

回长沙

春风遣我返长沙，冷柳枝条正吐芽。
二十年前心痛处，伤痕仍在旧时家。

正月初六开市炮竹声中
侄女钟涵剖腹产女婴名偲瑄两首

一

云开初六太阳红，喜炮连城贺外公。
一凤飞来争启市，长沙春色看梧桐。

二

长沙初识小偲瑄，坠地哇哇叫拜年。
十月胎恩嫌太浅，缠娘剖腹到人间。

外孙李偲瑄周岁席上

偲瑄满岁换春风，笑语咿呀叫外公。
小手捧前何所盼，拜年请赏一包红。

湖南老同事新年相聚深圳

此地风光正早春，座中都是旧时人。
兴颓各异头同白，山水分开谊更亲。

女儿静远十八岁生日遇元宵

元宵弄巧叩芳辰，十里花灯点亮春。
许下娇儿金榜愿，蛋糕明月两圆人。

春晚公园散步

老夫妻俩逛园林，烟树朦胧夜已深。
忽见一枝拦路放，折将春色赏知音。

买红木沙发

红木家私十万金，挥金如土也开心。
枕边演绎花梨梦，许诺多年直到今。

清明五首

一

纸花鞭炮又清明，总是阴阳不舍情。
回首几多流泪事，沾亲带故已无声。

二、忆祖母

一针一线冷时温，淡饭粗茶忆祖恩。
三十三年瞑目去，丝毫未报愧为孙。

三、忆父亲

批斗尖酸苦难频，三更教子习书勤。
偷生种下儿孙福，不享收成作古人 。

四、忆岳父

扶贫济困自家穷，不肯当官恨五风。
半夜常邀先父叙，几多关爱烙心中。

五、忆在修屈原工程中饿死的邻居

夕阳西下哭归魂，白骨堤吞又一人。
七尺男儿三十汉，那堪饿死立新坟。

乡间牧童趣忆

如茵浅草沐春风，踏遍田原任牧童。
小曲一鞭家在望，饮烟牛背夕阳红。

乡愁

牧歌牛背夕阳红，夜捉迷藏日挽弓。
两眼望穿千里外，思乡人已白头翁。

儿女情

儿女情长几许长？ 梦中牵挂念中藏。

心头一滴同源血，浸透人生骨肉香。

弟敦礼来粤忆儿时四首

一

一母同胞忆苦辛，花城相聚白头人。
儿时瓦罐全家粥，火底偷开弟我分[①]。

注：①这是一个真实的故事。在我七岁即 1961 年一天的傍晚，我和敦礼将一罐正在灶火中煨煮当作全家晚餐的白粥拖出来偷偷分吃了。父亲知道后并没责骂，而是在一边流泪。50 多年来我一直无法忘记这辛酸而动情的一幕。

二

家门前面小池边，话不相投两动拳。
祖母耳聪闻弟哭，痛心骂我用粗言。

三

聪明莫做敌人儿，地主家庭任可欺。
记得当年批斗夜，父亲无语弟兄啼。

四

高考关头让老兄，兄成难报弟深情。
奈何鬓角龙钟早，两滴辛酸夺眼倾。

二妹得孙

生来本是苦中人，二妹多年捷报频。
正值秋闱金榜放，凤凰池畔抱龙孙。

戏赠友人

郴江山月照迷津，酒绿灯红醉几人。
三十年来温旧事，秋风今夜又凉君。

中秋接陆晓鸣博士从美国发来短信

岭南秋色艳阳天，短信传来胜万言。
异域风凉衣莫薄，今宵酒好月同圆。

病母只识儿孙

病母多年不识人，三更半夜认儿孙。
心头一滴基因血，面对传承眼未昏。

小夫妻

进出相随笑影依，自行车上小夫妻。
情缘未审因何定，物欲分明不是迷。

国伦子时果毕业求职

记得堂兄种树时，金秋十月果垂枝。
寻机引上江湖道，或许前途到凤池。

女儿竞选团支部书记

娇女新登大学门，陈辞拿票见天真。
丝毫不像愚翁土，竞选班中小主人。

毕业三十年海口聚会应邀
题 30 位同学并序

10 月 18 日，吴传武电话转告戴晓凤等同学建议：要我为参与聚会的同学各写一首诗。由于时间太紧，且没有拿到完整的与会同学名单，最后只对 30 位同学予以题咏。因诗情需要，部分内容中有诙谐成分，全是善意，如有不妥，还望相关同学海涵。

一、女生10首

湖大戴晓凤

麓山北侧一株梧，晓凤常栖永不孤。
三十年前师弟恋，师兄今日恨消无？

武昌刘惠好

湘女多情更有才，武昌城内辟书斋。
惠顾民生催变革，好言三月待君裁①。

注：①刘是全国政协委员，每年三月进京开会，参政议政。

海口王树慧

十月天涯一树红，保存春色海边风。
重逢莫说寒心事，不老徐娘只老翁。

华侨王小玲

归侨皆道发财多，亿万身家可奈何。
世上最乖林妹妹，人间难觅宝哥哥。

暨大萧松华

萧瑟秋风日日寒，松枝挺拔立重峦。
华南峰顶暨南美，好合夫妻一起攀。

央行夏赛群

几年同事并为邻，爱恨分明夏赛群。
岂止才高难入世，更因眼净不容尘。

佛山李静恒

佛山高处静恒君，邻近花城不见人。
记得牡丹真国色，天香还是旧时闻。

杭州戴季梅

德山怒放一枝梅①，插到西湖独占魁。

难忘当年风雪夜，曾经访戴却空回。

注：①戴是常德人。

深圳曹红延

满头白发说红延，谁道无缘即枉然。
多少当年前后桌，至今相忆尚缠绵。

长沙唐万蕊

一蕊方开眼已迷，那堪万蕊放同期。
峰王咬破生香处，尚有伤痕在嘴皮。

二、男生20首

曹和平

同窗同事亦同乡，性自和平悟却强。
满腹经纶桃李艳，再封花甲教书郎[①]。

注：①曹晚年再回大学教书

吴传武

走遍天涯兄弟亲，吴家血性好传人。
花拳不出空名武，金口轻开便是文。

唐庚荣

非凡气概好精英，上海滩边早有名。
天下安危谁保险，潇湘骄子赖庚荣[①]。

注：①唐是新华保险公司副总兼上海分公司总经理。

谭岳衡

博士风流是岳衡，交银国际舞台荣。
曾驱总督收香港，再注雄资造伟城[①]。

注：①谭是交银国际总裁。

罗聿

真诚做事厚为人，海畔安家近澳门。

博彩城中从不赌，百花丛里未迷魂。

戏题胡环平

近从微信见环平，夹克风流未老情。
遇到同窗如陌路，只因身价在京城。

戏题周京湘

京湘英俊壮如山，独闯榕城只等闲。
才送萱堂仙路去，洞房新抱小腰蛮。

刘爱平

智勇双全说爱平，花前月下最多情。
湖湘好友难忘处，尽是莺歌燕舞声。

戏题彭正辉

抖尽风情占尽春，温柔乡里百忙人。
苍天可鉴无私谊，万事机关在认真。

刘浪夷

窗友深情唤浪哥，浪哥心计不曾多。
折腰可上青云路，却问乌纱值几何。

肖柏跃

笔砚功夫贵在神，风情独领是肖君。
挥毫巧布龙蛇阵，虎帐依稀坐右军。

谭目杰

人杰男儿目杰名，奈何早做白头兄。
莫非洗浴漓江水，化作无情退色灵。

贺寿水

水性荣封上善名，无时万物未能生。
谁言遇物随形态，此处方圆不易更①。

注：①水性能方能圆，但贺君个性倔强。

内蒙诗人肖舟

落日孤烟万里秋，敢依大漠放轻舟。
诗歌唤醒黄沙绿，塞外江南现碧流。

邓秋林

乌纱帽小五成金，改换门庭何处寻。
自贬寄身灾难里，满头怒发似秋林。

黄道华

华弟钢浇铁铸成，深冬时节衬衫轻。
严寒冻就多情汉，欲折梅花不报名①。

注：①华弟冬天也只穿衬衣；上大学时给女生写情书不留姓名。

高湘鸿

万里天涯一俊男，千重好梦正香酣。
古来雁断衡阳浦，今日湘鸿下海南①。

注：①高是衡阳人，在海南发展。

何永辉

迷烟迷酒亦迷情，告老倾家待弟兄①。
不愿问知城里事②，青山已垒万年甍。

注：①何在央行工作，收入有限。但临近退休时，倾其所有在老家为众兄弟盖六套房子。②何平时不用手机，不逛商店，活动空间只是家、单位和菜市场。

张鲁军

长沙初识鲁军才，文苑奇葩二月开。
南海弄潮无畏惧，风涛翻起再重来①。

注：①张刚入大学就显示出了不俗的文学才华，后下海，几经曲折。

许长青

春花秋月伴长青，矢志难移一本经[1]。
翘首他年成巨卷，扫开三径候明星。

注：①许 30 多年来一直热衷于计划经济，排斥改革。只是大作难成。

老同学何永辉罗聿来广州

天真浪漫四年书，走出乡村上仕途。
岁月如梭双鬓白，重逢依旧似农夫。

在京见老领导老同事四首

一、致徐联初书记

君生忠厚我生痴，六载长沙共事时。
流落岭南何得意，上司已入凤凰池[1]。

注：①徐是中国人民银行纪委副书记。

二、致任建国总裁

钟办粗蛮国办恭[1]，君谋文字我谋农。
重逢一样容颜老，只有心花尚两彤。

注：①当年任是人行湖南省分行办公室主任，我是计划处长兼省农村金融改革办公室主任。同事戏称我俩为“中（钟）办国办”。

三、致肖璞部长

石头初里问谁知，台府闻时已觉迟。
天子门前春色好，肖君妙笔暗添姿。

注：肖是银监会党委宣传部长，工于文字。

四、李世玲部长

殿侧重逢信未真，世玲原是大楼邻。
娥眉不倦风情在，半老依然是美人。

注：李是保监会某业务部部长。

长沙老同事北京相聚

湖湘故旧尽良臣，两袖清风半百人。
说尽当前多少事，无非倾轧与绯闻。

湘阴同学聚会

弱冠同窗白发人，先登花甲会诸君。
三十六年前后事，依稀记起小桥春[①]。

注：①小桥是当年就读学校所在地。

步韵酬徐星汉《窗友聚会》见示

因何满面是春风，喜会同窗忆六中。
今日诸君头尽白，沧桑酿就一杯红。

同学聚会戏题两首

一、徐星汉

满腹诗书两眼花，三餐半醉片言夸。
堂前黑板传经处，星汉依稀点划斜[①]。

注：①徐君高度近视，性喜酒，善道。

二、黄尧生

新年窗友尽开颜，只有尧生独自寒。
白发太多言太少，辛酸写满皱纹间。

闻戴晓凤教授父亲仙逝

教授严君鹤向西，春风护驾斗星低。
亲人去后思方切，雪夜长沙晓凤啼。

梅湘如先生初度

一枝明媚正红时，欲庆芳辰说已迟。
且请东风多惜护，永留春色待题诗。

悼同事林惠侯并序

林是民生广州分行保卫处长，客家人，行伍出身，爱好书法。10年前曾大书“天地宽”下方再小书“无私无畏则天地宽矣”数字并制成挂屏赠我，至今仍挂在我家书房。后林工作亦受排挤，压力巨大，以至几年后患脑溢血。终于日前撒手西去……

曾书无畏与无私，天地宽屏雅墨资。
十载春寒人去后，几分遗恨问谁知。

闻在京同学为出席两会窗友庆功聚会

春风满面聚京城，叙尽湖湘赤子情。
劝酒千杯何不醉，丹心谋国太清醒。

民生银行老行长蔡鲁伦春日来穗两首

一

知心知遇友师情，根在潇湘梦在京。
万丈红尘双脚退，满头白发一身轻。

二

情系民生不老春，江湖足迹领头人。
花城未敢轻高士，柳绿桃红待鲁伦①。

注：①直呼其名，有不敬之嫌。但雅名正好押韵，故大胆为之，料老领导定能见谅。

谭卓怀行长精神焕发

年追八十说谭公，满面春风哪像翁。
何事精神人不老，心花似比夕阳红。

焦裕禄

北依兰考是黄河，万古长流一曲歌。
裕禄沙丘生死恋，呜呼同志不曾多。

致甘籍哈尔滨外语同学王晓光两首

一

十七年前哈尔滨，满窗冰雪我陪君。
晓光映照风华影，外语朦胧酒鬼真。

二

雍州陇塞古沙场，千载犹闻白骨香。
溅血同谋兄弟好，秦人豪迈楚人狂。

母亲节念母亲

饥寒病痛斗争磨，忍辱煎熬子女多。
享足三生人世苦，为儿知悉可如何?

戏题新装晚照

眉飞色舞坐厅堂，染就青丝试晚装。
笑问家人何所嗅，心花虽老也生香。

雨中人

午雨惊心半夜天，雷声震落掩光帘。
何人外出忘拿伞，闪现蹒跚在路边。

小桥就读时老师女儿杨时敏赠送紫砚

砚台八寸紫痕深，进是糊涂出是文。
愧对小桥雏凤礼，临池无技报师恩。

梦中见已故张子安伯父满腹牢骚寻找家园[1]

影太清癯语太伤，十年孤独卧他乡。
诸贤不解无家苦，莫怨仙翁诉短长。

注：①张子安伯父长眠异乡已逾十载。

悼母四首

一、出殡

旌幡浩荡柩森严，泪雨辛酸孝服沾。
跪捧萱堂遗像处，青山残照淡烟帘。

二、复土

忍见封棺目未瞑，三朝复土慰慈灵。
煎熬历尽人间苦，自有知情日月星。

三、夜梦

冬风吹雪旧衣轻，冷饿缠娘哭喊惊。
抱我怀中旋放下，抛梭煮粥到三更。

四、寸草心

梦醒何安寸草心，北堂萱影再难寻。
春晖不朽仙程远，空有思亲夜夜深。

立春日乡友聚会并序

2月4日晚，广东文学院院长、一级作家熊育群，华南师大教授何玉琴博士等众多乡友在广州天河大厦欢聚，迎庆新春。席间，熊院长要求我现场吟诗，不敢违命，即成一绝，以助杯兴。

又在花城遇老乡，文豪博士两丛香。
春风也懂投机巧，赶到天河聚一堂。

一年后重遇乡友并应邀再题诗

去年今夜聚天河，奉命题诗俗话多。
辜负春风无限意，再诌七字诉蹉跎。

办公室里蝴蝶兰

红霞引蝶立公斋，半朵含羞半朵开。
何事双眉挑八字，十分春色恼人猜。

九咏蝴蝶兰

三年相识八题诗，九九重逢在此时。
我自沧桑卿更艳，蝶衣红处见新枝。

杜鹃花树

窗外谁家树正烧，春风二月派红包。
奈何昨夜潇潇雨，浇得今朝焰更高。

寒食节

家家烟火看花城，寒食风情早已停。
岂是无知轻义士，今人不愿效愚忠。

立夏

愚翁冷淡不伤春，说似无情未必真。
一颗诗心如火热，天生宜作夏时人。

儿童节

久雨阴阴湿气高，今朝日丽为儿曹。
苍天自有多情眼，只把阳光照小苗。

春末黄昏古梨树繁花怒放

千年古树惜春风，万朵银花怒放中。
莫道杆枯头尽白，生机笑对夕阳红。

秋思

花开花落暑寒更，物候人生共寂荣。
只有性灵关万象，燃烧不尽是诗情。

参观黄埔军校

风云将帅出长洲[1]，问鼎江山列五侯。
秋色不知当日事，乱飘黄叶水中流。

注：①军校旧址在长洲岛。

重访黄埔军校

重来黄埔祭英魂，一代枭雄百万军。
恨未生人平乱世，金戈铁马定君臣。

参观泉州开元寺

东西两塔立千年，古寺香炉淡淡烟。
法界莲花开不败，湖湘弟子最诚虔。

海口聚会席上戏言王树慧致诸同学

当年娇美是班花，风韵如今一样佳。

谁解相思公子苦，白头肠断在天涯[1]。

注：①当年有多位男生暗恋王，据说至今还有人不能释怀。

海口胡天波先生赠“花开花落、云卷云舒”字幅

花开花落平常事，云卷云舒淡定人。
悟得真言几行字，天涯有幸识胡君。

温州记忆戏题四首

一

温州名列俏江南，难忘当年一幕酸。
街上风光如印度，男人撒尿不遮拦。

二

吴音娇软忆初闻，半晌迷茫雾里云。
同赴京城乘的士，司机通报接韩人。

三

新城如旧旧城嘌，气味难闻满目尘。
百丈高楼凌乱起，抬头房价半天云。

四

借贷无凭够大方，你家需要我家帮。
一朝势变秋风起，卷铺关门走路忙。

成都纪检会

锦城春半剑新磨，蜀道难行壮士歌。
谁有不平同我说，专员试刃岂嫌多。

游都江堰

锦城春色尽金黄，油菜花开淡淡香。
问道青山师不远，飞沙江堰泽流长。

到中山

高楼云掩路平宽，百姓供需过海关。
假若当时如此盛，清朝不会出中山。

莆田寻踪并序

我曾祖父钟大有行伍出身，一生任职莆田，官守备，辛亥革命后回到老家。我一直想游莆田，今日方遂其愿。踏在先人终身守护的疆土上，难寻踪迹，感慨万千。

先人虎帐在莆田，一去沧桑近百年。
后嗣于今寻觅苦，当时踪迹海潮淹。

重回温州致诸同事

几年别后我重来，四月江南雨雾开。
小树栽时犹在目，青葱八尺尽成材。

桂林行

非烟非雾逐车流，翠岭遥移似海龟。
阳朔风光凝视处，云中露出众山头。

夜游珠江

两岸花灯百丈楼，淡风轻浪逐船流。
十年再渡珠江夜，别了烦人臭水沟。

南昌孺子亭公园两首

一

南昌自古是雄州，暑正浓时序近秋。
非到此间寻老表，亭彰孺子眼中收。

二

名园百亩露秋颜，无字孤碑臭水边[1]。
只有斜阳如旧日，还穿垂柳吊前贤。

注：①孺子亭公园满目荒凉，甚至墓碑字迹基本脱落也无人修复。

过共青城

清晨路过共青城，不忍停车吊自诚。
天下已无非腐处，怕谈实话九泉惊。

参观庐山会议旧址

南昌举事到庐山，生死相随战火残。
放下乌纱怜百姓，万言书写寸心丹。

庐山

阳光万丈照庐山，手捧云霞六月寒。
难得看清真面目，最高峰上享宏观。

庐山险峰

欲尽风光上险峰，悬崖挺立百年松。
晴岚似解游人意，远近高低一路同。

白居易草堂

草堂花径曲中长，古韵千年翰墨香。

百丈龙潭山寺里，桃林何处可风光[1]。

注：①白居易在庐山草堂写下了著名的诗篇《大林寺桃花》：人间四月芳菲尽，山寺桃花始盛开。如今草堂虽在，山寺却被水库淹没，山寺桃花连迟开的机会也没有了。

含鄱口

山高崖徒紫阳红，小口含鄱目未穷。
疑似涛声来峭壁，眼中白浪耳边风。

福州镇海楼

势压屏山镇海楼，几回兴废近清秋。
七星巧布消灾阵[1]，到此登临不白头。

注：①楼下有七星缸，按北斗七星排列，意在以水防火消灾，保佑全城平安。

从福州乘机回广州

脚下云山白间青，水天连处是前程。
沧桑几度时空近，福建茶温粤海腾。

罗马

西到丝绸路尽头，七丘城上思悠悠。
班超足迹依稀在，经贸花开慰汉侯。

梵帝冈

宗教天堂梵帝冈，万邦崇拜小微邦。
至公至圣真唯一[1]，总把无私待四方。

注：①天主教的信条是唯一、至公、至圣。

罗马斗兽场

罗马精神斗兽场，英雄时代野蛮墙。
悲情犹太伤心处，八万俘虏十载殇。

罗马城

满城尽见古文明，八百年前石磊成。
楼不太高街不阔，人车有序似流星。

石头城佛罗伦萨文艺复兴之见证

一砖一石看曾经，艺术凭依鉴复兴。
百丈教堂生国色①，等身雕像裸文明②。

注：①几百年前教堂外墙红、绿、白三种石材的颜色正是今天意大利国旗的颜色。②广场上与实体 1 比 1 比例的大卫裸体雕像是意大利文艺复兴的艺术杰作。

威尼斯水城

木柱千年海上城，城中船动浪花轻。
威尼斯港沧桑地，多少商人血泪成。

在米兰看电视足球赛

不是球迷到米兰，中锋一脚万声欢。
谁将电视忙关上，怕见华人下赛坛。

摩纳哥王国

背靠青山面对洋，瞬时走尽四边疆。
无军无税无田土①，博彩金融胜万邦。

注：①该国没有所得税。

普罗旺斯修道院

修女生涯寂寞人，误将三愿许终身[①]。
无端揽镜伤心事，花样年华枉自春。

注：①修女入院要许三次愿，即初愿、复愿、终身愿。许愿内容为三绝：即绝色绝财绝意。

埃菲尔铁塔

曾是人间第一高，巴黎铁塔半空豪。
如今或许生斑锈，态势龙钟欲折腰。

题女儿在巴黎苹果园照片

满园果树挂缤纷，日照风摇渡彩云。
忽见娇儿枝下立，巴黎秋色也如春。

法国梧桐

巴黎街上好梧桐，未审因何尽俯躬。
万里东方人到后，婆娑起舞似生风。

游塞纳河

塞纳河边别样秋，枝条青掩古城楼。
游船顺水追风景，风景随流没尽头。

戛纳

小镇年年逐视屏，影城风月出明星。
世间多少情仇怨，尽在灵通哭笑伶。

参观罗浮宫

五十君王共一宫，天年八百万千雄。

匆忙阅尽江山改，富贵风光总是空。

凯旋门吊拿破仑

风光帝国凯旋门，伟业未成吊伟人。
滑铁卢中寻故迹，扩张专制两重因。

参观凡尔赛宫联想

斩罢贪官建此宫[①]，政坛从此刮清风。
神州反腐年年腐，只怪规章字字空。

注：①路易十四处决了贪腐财政部长富盖后建成了凡尔赛宫。

昭君墓

明妃饮恨赴胡天，汉帝无缘却靖边。
青冢千秋人不绝，君臣情义永相传。

游西拉穆尔草原三首

一

放眼秋高万里原，飞身上马再扬鞭。
草天一色前程远，踏遍蒙旗不见边。

二

蒙古包中一曲歌，马头琴伴舞婆娑。
丝绢哈达浓香酒，民族深情祝福多。

三

星星相近月将沉，草色朦胧夜色深。
篝火烤香羊肉串，蒙歌唱醉马头琴。

参观成吉思汗陵

一代天骄万古雄，铁骑踏处笑开弓。
当年欧亚多朝贡，帝国旗飘黑海风。

鄂尔多斯满目空楼

鄂尔多斯造鬼城，鬼城处处见人情。
子孙后代安居计，百丈空楼早盖成。

游内蒙古沙漠响沙湾

粮仓焰库响沙湾，车马奔驰兴正酣。
一阵风来天撒面，三竿日落地生寒。

访呼和浩特大召寺

皇天御赐宝宫灯，寺殿祥光日夜明。
三百多年神物在，我来膜拜净心灵。

平潭渔家

渔家晒网在山头，海上风高不出舟。
百丈波涛飞到后，红鲳白鳕一罾收。

参观林则徐故居

青史从来不乱描，禁烟功德满清骄。
苍生幸有忠臣护，鸦片输华用火烧。

近黄昏过长江大桥望黄鹤楼

龟蛇难锁大江东，胜地重游落日红。
黄鹤白云何处觅，春风依旧一楼空。

参观苏州博物馆

千年字画万年陶，杀敌吴钩绣虎袍。
百丈楼前伸拇指，苏州今古一般高。

苏州无锡行

软语吴音细细闻，桃红柳绿十分春。
江南几日流连后，始信今生未老人。

游广州沙面

沙面洋房栋栋新，门牌细说百年陈。
绕墙不已何所觅，鸦片曾熏应有痕。

五四节游香港

追春五四过红磡，一国同胞隔海关。
两百港元圆好梦，路边买得自由衫。

带队到苏州巡视

千里驱驰一路东，眼前尘雾耳边风。
银行本自称三铁，却笑苏州账上红。

到吴江

天堂深处到吴江，遍地风传纺织娘[①]。
软语闻时无乐趣，布花虽艳不生香。

注：①纺织是吴江的支柱产业，巡视时已陷入困境。

巡视吴湘鄂

苏州武汉到长沙，一路风尘细细查。
莫道痴人情面冷，前生也许是冤家。

参观大英博物馆

一馆珍藏举世雄，大英时值半其中。
惊心只愧知情晚，多是华人不朽工。

巨石阵

巨石如碑立史前，谜团未解五千年。
何方力士搬山猛，何处神仙布阵玄。

牛津大学

如痴如醉到牛津，楼已千年路有尘。
谁识此中深似海，先生学问学生文。

欧洲行之瑞士四首

一

斯民何幸享和平，两百年来不结盟。
水绿山青人富裕，皆缘小国大聪明。

二

方圆虽小事殊惊，国际龙头总部营。
奥委产权红十字，银行世贸绿邮程。

三、莱蒙湖

嫩蓝嫩绿倍晶莹，日照游鳞片片明。
恨不倾湖全喝下，赚他干净度余生。

四、登铁利士雪山

寻诗勇上九重空，六月冰峰烤不融。
左手云团右手雪，心中冷暖眼前同。

致世明

约作于1971年左右，由世明提供。

深秋寒气逼人哀[1]，知己并坐展胸怀。
各绘蓝图无限好，友谊入骨永难开。

注：①据世明回忆，首句也可能是“深愁寒气袭人哀。”

中秋复肖柏跃时在昆明

肖君眼底已无秋，只有关山旅兴悠。
万里同圆今夜月，滇池粤海共凝眸。

深秋与刘浪夷肖柏跃到珠海访何永辉两首

一

天价茅台透骨香，同窗千里探何郎。
秋风今夜随人醉，脱下长衫不觉凉。

二

光阴无迹付东流，走出三湘意未酬。
浩气如初心不老，头颅已向海风秋。

陪刘浪夷游白云山

两个如囚种地人，当年有幸跳龙门。
山中共踏归家路，驻足龟池拂白云[1]。

注：①下山路边见一池，池中养许多龟。

看新闻

可笑传媒不厌频，浮言自许万千恩。
漫天贪腐红人眼，皆想当官食子民。

太师母病危昏睡三天又醒

仙程试步已三天，上帝堂前字待签。
念着儿孙温饱事，猛然回首话连篇。

谈作诗答友人

淡淡平平缓缓吟，明明白白浅中深。
性灵只重音情色，典故虽无却动心。

次韵《年末偶成》酬建成见寄并序

年三十建成诗云：梦里梅花几度开，天边消息费人猜。年涯曾问东风信，又见春风带燕来。诗中透出几分疑惑，故答之。

梅花只对雪花开，洁白无瑕岂用猜。
请看天边横雁字，已将消息驾云来。

酬世明“树人树木正其时”美意

年追花甲树人迟，只有揪心几句诗。
惜不从头温岁月，春风裁剪眼前枝。

建成到白水砖厂打工

面朝黄土背朝天，烽火窑炉白水前。
且把斯文和厚道，拌成精料作红砖。

杨老师母亲仙逝

恩师母去楚天悲，二月哀声听挽雷。
懿范染成江水绿，流芳可远不能回。

酬世明题院中老树见示

群芳竞艳应时花，老树清明未吐芽。
不是存心贪懒惰，只将春色让人家。

酬建成《57岁自寿四首》见示三首

一

诗祝良辰蘸酒吟，知君小我两三春。
财多惹得愚兄妒，一寸光阴一寸金。

注：此诗用宽韵。

二

三餐粗淡食无鱼，弹剑胸中万卷书。
轻抚银丝临耳顺，诗书两趣洞庭居。

三

四海为家四季歌，春风也皱洞庭波。
生朝暗对妆台镜，老态欢颜一样多。

次韵何良厚行长《酬钟敦和》

春归夏至雁排空，信报湖湘韵味浓。
不是思乡强说好，君诗可比大唐工。

闻桥下彻妄言想到安倍修宪阴谋次世明韵

慰安往事罪滔天，桥下无知又乱言。
大小狂徒皆日寇，欲偿仇恨叹华颠。

次韵建成《晚步闻布谷》

乡村四月杜鹃啼，望断天涯一线堤。
少壮儿郎何处去，桑麻全赖白头姬。

感怀

如梦如醒甲子躬，莫因成败怨东风。
生来不懂钻营术，纵使从头也是空。

喝茶次朋友韵

江湖冷暖一杯茶，事未成功鬓已华。
岂肯将钱买荣耀，低头献媚任人家。

次韵晓廷七绝两首

一

生乎吾后亦吾师，四韵清新我自知。
莫道相逢人不识，诗中透出鬓成丝。

二

心声万里付鸿鳞，一韵时牵两地人。
酿足情怀磨足墨，挥毫欲尽满天尘。

题世明局长夫人并序

6 月 22 日晚我与世明相聚于长沙，席间世明谈及高中女同学徐某多年后来长沙治病，住进自己家，夫人招待十分周到云云。世明夫人当即表示：“我对他的初恋情人都这么好，请敦和为我写首诗。”是有此作。

农家儿媳大夫妻，巾帼强人小鸟依。
睿智善将贤字解，先生初悦不轻疑。

次韵何良厚行长《出国旅游途中》

只为多难欲兴邦，取石他山赴远洋。
路过池边疑嗅觉，荷花不似故园香。

依韵和世明、晓廷两首

一、蔷薇

入目鲜明入鼻浓，娇羞不立五更风[1]。
主人外置阳台上，似懂防身带刺红。

注：①秦观名句：无力蔷薇卧晓枝。

二、三角梅

万点胭脂聚一丛，风光无限入迷宫。
谁言浅薄成三角，话里分明是眼红。

次韵世明《感时》

暑热连旬六月中，人居二线事轻松。
白云漫渡蝉声远，心静凉生淡淡风。

回首

回首红尘似梦中，朝思诚敬夜思恭。
谁言大任斯人苦，万苦归来白发翁。

回首用世明韵

封侯梦好忆童年，万苦兼尝倍感甜。
莫对红尘方寸乱，平生无愧放心眠。

次韵晓廷《癸巳中秋》

昨夜凉风白我头，原来年序又中秋。
蓬莱若有长生药，百丈波涛也驾舟。

和世明《秋雨》

痴翁痴问为何忙，风雨交加叶正黄。
花甲人生秋色里，诗中自有几分凉。

酬王小玲《重阳登苏仙岭咏菊》见示

重阳一曲菊花台，唱罢秋香带露开。
莫怪苏仙神态醉，天堂难得小娇来。

次韵何咏辉《家乡好两首》

一

互助无欺尽乐天，相思深处是家园。
竹溪水碧桃花艳，元亮当年入错源。

二

黑白鱼肥缓急流，夕阳童曲晚归牛。
儿时不解田园乐，说尽秦天楚地愁。

次韵晓廷贺新年

一日春归万物和，人登花甲也婆娑。
无情岁月多情叟，变革音符不老歌。

次韵杨大猷老师《咏新柳》

陶靖门前换晓妆，霸桥相赠一枝香。
春风细染多情叶，绿到秋来也莫黄。

次韵何永辉《咏木棉花》

熊熊烽火起林中[1]，串串霞光映晓红。
欲解枝头颜色艳，丹丛朵朵得东风。

注：①南越王赵佗把献给汉帝的木棉树称为烽火树。

次韵世明《院中春色》

院中花柳竞虚荣，一样春光说不明。
只有枝头多事鸟，红深绿浅正争鸣。

肖柏跃在京会任建国

任肖同事共乡庚，夜话京城胜弟兄。
南海看涛胸境阔，凤池移步锦袍荣[1]。

注：①肖致任诗云：君作凤凰池上客，我为南海看潮人。

酬杨大猷老师新诗见示[1]

乱石堆中立一丛，群芳谢后独娇红。
何人解得常春道，八阵天机蜀相功。

注：①杨老师见乱石堆中一株杜鹃十分红艳，而周边他处的杜鹃早已凋谢，故赋诗。

次韵世明《玉兰花开》

白红黄紫几丛芳，记得曾经共一乡。
今日花开来日果，春秋都是好时光。

题红叶诗兰

诗满枝头片片红，定神拈捉有无中。
年年变幻春秋色，二月朝霞九月枫。

次韵世明《自嘲》

闲居二线悟春秋，韵律风情化尽愁。
却笑红尘刀笔吏，痴迷只识觅封侯。

次韵杨老师《紫砚润诗》（宽韵）

砚池成象笔传神，睡醒龙蛇二月春。
曲尽方圆方不古，偏多笑骂笑如今。

回湘阴与世明浩果等乡友聚会两首

一

县长多情局长真，重逢共醉小阳春。
云游万里家乡好，冬不寒人远更亲。

二

洞庭来去野天鹅，洁白纯真信义多。
三十年前同梦想，分羹今夜意如何。

夜送陆晓鸣博士登机赴美

跃上长空万里征，满天星月照前程。
金融帝国由谁宰，华尔街头待晓鸣。

在广州接待李守耕王湘裕等老同事席上

花城温暖小阳春，扫径煲汤候故人。
愧我无成头早白，诸君璀璨似星辰。

复晓廷并序

株洲地税局孙晓廷先生，安徽人，78届大学生，赵紫阳时代就是科长，迄今已27年无进步。孙为人厚道，忠于职守，不善逢迎，爱好古典诗词，吟咏颇有所获。近收其新作七绝四首，文字间稍露心中块垒。因感不平，吟诗以复。

紫阳曾照旧乌纱，历尽江湖鬓已华。
二十七年风雨路，湘东蜀道走天涯。

诗集待梓邀长沙诗友恭请湖南师大张会恩教授

湘楚贤儒自古多，叨陪今夜意如何。
斗杓指处春风近，待染芬芳岳麓坡。

原韵奉和徐星汉雪梅诗

白雪清尘入夜来，红梅如火晓风开。
香淳色洁同谁品，并作新春慰我怀。

表彰晚会（宽韵）

晚会风光久不闻，舞台灯影瞬间新。
惊呼引动群情愕，发奖居然用现金！

明星主持晚会（宽韵）

风光尽在主持人，一夜登台十万金。
远近霓虹相照处，去年春色向黄昏。

街舞

街舞婆娑气势高，晚秋池畔乐陶陶。
乡姑未得摇身要，跌倒哎哟诉扭腰。

邓丽君模仿秀

偷神偷态更偷声，粉黛妆成绝代星。
但愿幽灵能立世，红尘续艺慰同情。

乡友两首

一

花甲未临先拄拐，冬风不冷已穿裘。
三餐只愿端杯醉，终日无聊作网游。

二

血糖血压两高人，几度临危半遂身。
虽已中风仍好酒，每天零点五公斤。

同事李红桥并序

昨夜同事聚会，席间见李红桥落泪。曾任部门副总，因提工作意见遭免职。深感不平，油然命笔。

桃花风韵柳枝腰，梦在民生业绩骄。
春去秋来人半老，银河已过撤虹桥。

诗集出版

长沙书到伴春来，南粤枝头次第开。
洗砚池边花也艳，是浇心血幼时栽。

江南同事

三朵金花种植同，一枝欲谢一枝空。
只有园中偏僻处，无人攀折尚殷红。

许博士长青性趣旺盛自夸遗传本钱充足深感可爱诗以戏之

五十男儿似火燃，夫妻夜夜凤鸾颠。
如何总有巫山梦，却道遗传是本钱。

席上花絮

五十徐娘效小姑，弯腰半仰一杯无。
新编段子深黄色，笑落门牙不在乎。

浩果爱女出阁

书香门第一枝梅，几代栽培百里魁。
摘艳冯郎真有幸，冰封时节抱春回。

友夫妻分居

梦里温柔镜里花，半弯昏月照窗纱。
五年一出空城戏，演尽孤单上酒家。

颁奖

嘉宾颁奖巧安排，二线专员一起来。
本请先生陪末座，奈何呼错首登台[①]。

注：①颁奖顺序是末奖先颁。

酬刘弼贤花边短信息

笑落门牙谢弼贤，闲情闲趣说花边。
休言白发无生气，引动春心似少年。

也说赵红霞

风花雪月赵红霞，出自山城百姓家。
莫道贪官无法治，轻松腰带几人抓。

戏乡友又得红颜知己

倾倒英雄是美人，斯文浪子两难分。
春风莫到湘阴县，开了桃花失了魂。

接待席上花絮

宴会蛇年第一餐，京都恩重幸华南。
花城自是春风早，席上先开醉牡丹。

运花泥并序

三十多年前我天天与泥土打交道，仍温饱不保。今快退休，却学会养花。城里养花，花泥难找。晚散步看到公园内花坛撤走后剩下一堆花泥，也不知是否可随便搬走。便携妻装了一袋，做贼般拉回家。殊觉可笑，题诗以记之。

当年挨饿弄泥巴，今夜偷泥为养花。
但愿夫妻行窃后，风光从此驻吾家。

致单身朋友并序

乡友有红颜在广东，碍于面子，不愿言说，诗以戏之。

诗人知命怯孤眠，秉烛三更欲晓前。
羞涩忌谈南国豆，风情只在梦中甜。

闭幕

城头盛会已关门，说笑休言故旧亲。
三月春风谁得意，并非全是帝王孙。

汕头某单位挂董事长标准像

墙头肖像近真君，膜拜虔诚似敬神。
踏上古今潮汕路，哪堪俯首作臣民。

乘机到汕头

剥尽层云降汕头，重来时隔两春秋。
相迎海燕知人意，软语呢喃释客愁。

艺术家并序

看电视知哥斯达黎加首都圣何塞艺术院年轻漂亮的女院长竟是光头，中国的艺术家则留长发。

东西艺术竞风流，一样神奇不怕羞。
赤县男儿披秀发，哥斯女子剃光头。

老汉多情

人生七十尚精神，夏日西装笔挺身。
交往总夸多贵族，出行常带小情人。

偶遇同乡漫话“五风”干部

偶遇同乡说“五风”，分明记得后斋公。
挥拳抢走锅中饭，隔座惭言是乃翁。

杨梅

紫红圆胖暗生光，颗颗酸甜淡淡香。
倘使贵妃需解酒，杨梅应比荔枝强。

戏言鉴宝

谁言科技是文明，现代文明总被轻。
不信请君观鉴宝，古人劳作价连城。

咏鞋

一步难分我与君，坎坷万里共风尘。
撕磨不惜浑身破，肝胆披开见寸心。

《酒干倘卖无》背后故事[①]

人间何处见真情，生死相依未有声。
一曲酒干无倘卖，撕心哭得舞台倾。

注：①捡破烂的聋哑人捡到一个被遗弃的女婴，千辛万苦抚养大。女婴长大后成为歌星，却嫌弃老人。老人在临终前赶到女儿演唱处见最后一面后合上了双眼。这时才唤醒这位曾是弃婴的大歌星，并促使她演唱了这曲感人至深的歌曲。

教师节两首

一

先生只为后生忙，粉笔尘和墨汁香。
护得花开何处艳，心中桃李最风光。

二

讲台三尺立春秋，乐此何曾一日休。
荒岭栽苗非摘果，急流摆渡不回头。

纪念九一八·用黄巢韵

又是人间九一八，疯狂日本真该杀。
旧仇未报再垂涎，钓鱼岛上金龟甲。

戏言打牌赢钱

年到中秋事也圆，打牌赢得老乡钱。
笑他司令多朝贡，补我专员太苦廉。

看电视剧《武则天》

武氏登基说是非，伦常人格尽成灰。
知情莫过乾陵主，羞愧难言立哑碑。

读袁枚诗集

随园钟秀性灵真，长庆风情小杜神。
谁敢痴言谈艳遇，无儿名下买春人①。

注：①袁诗有“无子为名又买春”句。

北大生当屠夫创一号土猪品牌

花样年华北大儒，生存无奈做屠夫。
刀横宰凳三更梦，血溅农场一号猪。

装修

眼难睁放味难闻，陋室装修昼也昏。
妻到家时无掩鼻，却将怜叹予工人。

同事马桂奇孙子百日席上

民生希望马家孙，胖脸圆圆笑意真。
可否孝承前辈业，睁开小眼问诸君。

甲午战争 120 年祭

战争花甲再重圆，怒火依然上九天。
踏破东洋三尺岛，取吾肝胆也无言。

廉政专员

三年二线作专员，冷落门庭梦却圆。
不羡人家风月好，只将声韵试心弦。

2013 年感动中国人物组诗 10 首

一、核潜艇之父黄旭华

城府多深似海深，先翁葬日未归人。
自从潜艇巡洋后，帝霸闻时也断魂。

二、92 岁刘盛兰拾荒 18 年资助贫困学生 100 多名

助人不倦拾荒人，九秩生涯剩此身。
多少寒窗求学子，只缘刘老跳龙门。

三、98 岁医生胡佩兰退休 20 年来每周出诊六天

失缘良相立良医，百岁悬壶乐不疲。
怪道杏林春色好，真情妙手护芳菲。

四、绝症女患者姚厚芝为筹儿子学费忍痛三年绣成《清明上河图》

身近垂危子未成，咬牙瞒痛搏余生。
清明画卷三年绣，线线针针舐犊情。

五、沈克泉沈昌健父子几十年坚持研种高产油菜籽

粉蝶因何到沈家，痴情父子喜栽花。
春风酿就香油梦，一滴调和百姓夸。

六、陈俊贵终生为战友在天山守陵

舍死馒头义薄天，我留人世你长眠。
边疆墓远终生守，不守良心似箭穿。

七、村官段爱平

义女芳名段爱平，身家百万市真情。
一朝病倒乡邻哭，失去村官大厦倾。

八、西藏格桑德吉老师

万古江流出雪山，清波无染几分寒。
格桑好梦轻都市，回藏殷勤育后贤。

九、救落水儿童致自己终生残疾而不悔的方俊明

纵身一跃救危难，不悔终生截位瘫。
舍死关头拼义勇，人情可许寸心安。

十、随同将军丈夫回乡一辈子为百姓做好事的龚全珍

追随夫婿故乡情，少将荣华一念轻。
不觅桃源图避世，只求心脉近苍生。

杨柳

春风杨柳万千条，舞出蛾眉百种娇。
多少往来时尚客，前边牵手后勾腰。

看泰国电视剧《祈祷爱情》

生来死去为情缠，儿女疯狂父母缘。
失忆可苏盲可复，万难磨得两心坚。

黄埔大道上班严重塞车

每经黄埔上班时，十万车虫寸步迟。
出路不知何处有，花城市长总装痴。

父母为儿女征婚广告挂满天河公园树枝

痴情父母枉心焦，儿女庚辰挂树条。
嫁娶未成难入梦，天河一叶渡吹箫。

论诗两首

一

诗意空蒙在性灵，云霞变幻草青青。
真情扣得心弦动，韵味缠人醉不醒。

二

仄平两字架长虹，妙在难言趣未穷。
岁月如常双鬓白，诗词不朽一枝红。

长沙“耕韵生态餐厅”乡友聚会

生态餐厅韵属耕，长沙故旧尽精英。
三杯引发心中话，各自牢骚满腹倾。

员工大会

百彩灯光大舞台，万人皆为一人呆。
滔滔曲尽寻常妙，听罢盲夫眼也开。

题任颐《桃梨鹌鹑图》

桃红梨白斗春风，树下鹌鹑趣不同。
只顾低头寻觅事，旁人料是腹中空。

题吕纪《桂菊山禽图》

八哥争吵桂枝横，笔墨功夫误一生。
请看菊边三绶带，埋头抢食即分明[①]。

注：①图绘两八哥鸟站在枝头正在争论什么；地上三只绶带鸟则在埋头争食。绶带者，官之印绶也。

民生广州分行 18 周年庆邱尚启行长宴请初期团队

虎踞花城十八年，抬头已是艳阳天。
良辰细检功臣簿，把酒诸君位列前。

邱尚启行长娶儿媳后邀分行历届班子免礼共聚

频添喜酒话民生，满座精英共事成。
今夜举杯为贺礼，邱家公子抱卿卿。

席上致梁丈鉴江先生杨丈光治先生

何幸诗坛识大家，花城怯放一枝斜。
虽为下里移栽物，接近阳春也发芽。

衣俊卿丑闻

圣殿堂前不染尘，重帘深处净灵魂。
衣卿暗度相思曲，弄坏临街一扇门。

公共情妇李薇屡被无罪释放

法越娇娃看李薇，倾城倾国早闻绯。
府台不吝红泥印，醒木难禁媚眼飞。

厦大副校长吴世农婚外情被妻毁容

风流校长野情浓，婚外红颜问几重。
怨妇硫酸浇错位，未伤浑蛋误伤容。

临武城管秤砣打死小贩

水深火热小瓜农，一线生机薄贩中。
买卖不成城管到，秤砣挥了可怜翁。

彭泽县和尚沈春根砍伤情敌家人

青灯黄卷恼春根，夜半横刀欲杀人。
奇案惊呆彭泽令，浮图失恋恨红尘。

53 岁费翔仍单身传有同志倾向

歌喉婉转大明星，八尺男儿似画屏。
多少娥眉多少恨，潘郎雅兴在同型。

薄情丈夫

枕边情冷镜生尘，绝症煎熬惜药银。
不似家中恩宠犬，摇头摆尾解怜人。

薄案庭审花絮

枕边恩爱仕途荣，一种人生两样情。
薄谷纠缠真有趣，拔高红杏出墙名。

川汉不准女儿上大学

休言只有读书高，川汉从厘算到毫。
赔了四年双八万[1]，还将失业一家焦。

注：①川汉说，上大学毫无好处，不如收垃圾；读四年书要花八万，不读书打工则可赚八万，两相合计损失十六万。大学毕业后还是失业，再花钱找份工作，也不过每月二三千收入，实在没必要上什么大学！

张曙光为申报院士行贿众专家为其造假

院士头衔举世钦，专家造假为贪金。
曙光照进群贤阁，毁了斯文最痛心。

状告无门

祖坟碑上小三名，贤惠夫人怒火生。
诉状辛酸申正义，公堂无法管私情。

台湾道士杨钦约用灵车迎娶新娘

道士新婚庆典华，娶亲大胆用灵车。
台湾怪事天天有，社会疯狂习俗差。

廉价团购越南新娘

市场婚嫁问谁闻，团购繁荣少女春。
怜取友邦伶俐妹，三餐饱饭许终身。

义乌女子为子报户口不知其生父是谁

风情万种示何人，未料儿郎失父亲。
自幸阳台云雨后，楚王无处可招魂。

隋炀帝墓成运河申遗依据

取士开科第一宗，两千里外运河通。
多情未了扬州梦，墓冢申遗再立功。

上海四个月男婴被伯母杀害

谁言有侄不为孤，恶妇凶残自古无。
四月婴成刀下鬼，冤魂伯父是屠夫。

某名人接受超生调查

影坛潇洒舞台荣，儿女多情列队行。
怪道传媒无见识，才知七个说超生。

名人超生诉苦如游击队东躲西藏

东藏西躲苦超生，游击谁怜骨肉情。
几度娇妻虽小小，却知无后枕边轻。

布莱尔与默多克夫人疑似偷情

商家政要两相求，首相偷腥怕寡头。
夜色春风巡幸后，休书广告使人愁。

公务员报考热

何方就业最揪心，八尺男儿一尺簪。
百万青年争入仕，衙门处处有黄金。

普京下令制裁朝鲜

风流总统数普京，令下魔闻半夜惊。
羞愧芳邻怕无赖，总将柴米喂狰狞。

肯尼亚男子强奸黑山羊被判 10 年不服

霸道横蛮兽也惊，山羊难拒黑人情。
通奸却判强奸罪，十载监牢骂不平。

车模

美人娇软透明装，手抚新车立两旁。
演绎商家挑逗事，东方风化悄然伤。

北京老人住井下 20 年

人间无处可容身，井下偷生好养神。
免受沙尘三月苦，不愁霾雾九天云。

市民到政府机关如厕被粗暴喝退

养彘挣钱纳税人，匆忙如厕入衙门。
粗心儿子当头喝，吓退原来是父亲。

徐闻县兽医局大楼一半出租给皇朝太子俱乐部

娱乐徐闻益补身，机关大院赚租银。
清水衙门兽医局，皇朝太子舞厅人。

科技公司购十辆奔驰奖励员工

奔驰车好促奔驰，重奖功臣事莫迟。
科技英才添虎翼，黄金台上出军师。

桃江老人为减轻儿孙负担病后自杀

割肉难偿父母恩，生来死去为儿孙。
只因病体常抓药，早赴黄泉少费银。

男子东莞街头挂牌卖儿女

世路艰难血脉麻，忍将骨肉卖人家。
余钱可买添丁事，儿女生涯应不差。

上海老虎咬死人

老虎无情又吃人，残肢遗处血留痕。
只因猎手存仁念，未待回神已丧身。

印度一女子被斩首献祭

巫婆巫术鬼神惊，谬说牺牲献祭灵。
刀下人头滑落处，悲哉印度血文明。

六旬老太试管产双胞胎

冬至阳回万象荣，夫妻花甲动春情。
三更诉尽扶元苦，一技双胞试管婴。

林立果未婚妻张宁命运并序

张宁被林家选中，未及结婚就因林彪事件被关押。获释成家后又离婚，续因不接受感情纠缠造成儿子被害。最后移居美国，并出版《尘劫》。

红颜薄命几人愁，天上瑶枝地下囚。
尘劫尽时双鬓白，移根海外写春秋。

中纪委通报每年被处分官员多于矿难人数

官场莫测矿山危，倒下精英各一堆。
治矿不严人变鬼，治官无道士空悲。

汶川县委书记青理东母亲拾荒

儿子当官母拾荒，党员不孝应无双。
汶川书记心头事，只有人民没有娘。

新规定干部去世不许开追悼会

盖棺定论古人词，细数生平葬礼时。
不许召开追悼会，丰功伟绩有谁知。

唐山三轮车主多次被罚后抱交警自焚

冰天雪地踩三轮，交警无情罚款勤。
尘世谁怜生计苦，同归烟火叹斯民。

河源处级夫妇同提拔同撤职同判刑

同甘共苦好夫妻，进步丢官下狱期。
待到红尘痴梦醒，金钱不理主人啼。

安徽泾县官警挖开民坟焚尸（宽韵）

恨莫深于挖族坟，未寒尸骨泼油焚。
安徽官警横行处，伤透皇天百姓心。

范忠信赌财产公开失败履诺爬行掌膝渗血

官员财产赌公开，教授西湖两膝哀。
千米爬行皮肉破，一行血迹染尘埃。

雅贿并序

中纪委说，不少贪官以高雅自居，大量收受索要玉石、珠宝、字画等昂贵文物，以为这些属爱好，不涉及贪腐。

官场风雅见文明，玉石晶莹字画轻。

方便携藏难得腐，高人爱好价连城。

厦大研究社会保障博士失业摆地摊

博士才高保障难，哪堪蹲地摆街摊。
或缘理论皆空话，天遣重温实践观。

小伙毅然与绝症女友举行婚礼（宽韵）

生死缠绵爱最真，阴阳难隔小情人。
洞房泪烛三更曳，照透相思两颗心。

女士投富春江自尽后在泰州苏醒上岸

夫妻生隙了红尘，女子投江逐富春。
只恨冤家缘未尽，随波两日复还魂。

长沙女与外籍丈夫驾帆船历 300 天行 4 万里横渡太平洋

重洋万里浪涛汹，半百夫妻一棹穷。
最爱天倾云际落，芙蓉怒放大潮中。

七十老汉服春药不料伤身

不甘心作古稀人，服药追回二度春。
生命源头枯竭久，强攻一粒苦伤身。

揭阳业主撬门收租发现地上堆几百万现金

房租久欠撬门寻，满地箱包尽现金。
到处钱闲还赖账，官人真个丧良心。

李先念家规：哪个经商就打断他的腿!

庇子经商是狗官，横财易发国人寒。
李公一语家风正，断腿安排肆敛难。

男子见儿子单眼皮生疑验血确认亲生后被离婚

香火揪心假与真，眼皮奇偶也烦人。
男儿验血寻源后，认罢亲生毁了婚。

孕妇死于车祸胎儿被撞出后生还

非凡时代诞奇婴，竟在为娘死后生。
未解何人车技好，阴阳母子两平衡。

女子为省 80 元开门费爬七楼阳台摔死

节俭从来是美名，视名如命太单纯。
三更八十开门费，换取金枝落七层。

川商刘汉勾结官警敛财

掘金刘汉计谋高，警匪官商共战壕。
四百亿元嫌太少，后台有虎可逍遥。

金正恩别墅建成三年后垮塌（宽韵）

风雨飘摇说正恩，独裁三代到黄昏。
人情物理相通处，基地松弛大厦沉。

乌克兰特种兵被亲俄民兵抓获后脱裤蒙眼示众

不尽威风特种兵，驱驰万里马蹄轻。
邻俄巷里遭人捉，脱裤蒙睛示众行。

75 岁老汉负债反腐扳倒 9 人

反腐先生背已驼，众官倒下万人歌。
钱财耗尽良心在，负债横刀刃累磨。

上饶法院院长半夜跳楼引各方猜测

血染花园不忍闻，三更谁是跳楼人。
因财因色因何去？ 明镜长蒙院长尘。

李春城信风水迁祖坟

威加西蜀雪花银，风水天机动祖坟。
未及长安传圣旨，春城已是狱中人。

2500 年夫差剑尚寒光逼人

千年宝剑细心看，岁月难磨杀气寒。
枕畔蛾眉无二志，吴王未必失江山。

寺庙万斤煎饼被抢一空

沂蒙煎饼四方闻，寺庙神坛供品珍。
莫道斋香难惑众，万斤哄抢瞬无存。

敬老院两老人结婚

情花愈老愈殷红，八十婆婆九十翁。
只有苍天知恋苦，白头人抱洞房中。

女子出嫁前加索彩礼新郎掉头就走

情缘无奈拜金钱，彩礼追加上轿前。
羞涩新郎撕证件，掉头消失似云烟。

36 颗茂名荔枝拍卖 4 万元[1]

千金一颗荔枝红，此物曾经属后宫。
啖罢贵妃娇吐核，茂名留种故园中。

注：①据传，拍卖物产自当年专供杨贵妃享用的荔枝园。

领头羊不慎坠崖群羊跟跳死伤惨重

万类愚忠莫过羊，迷茫路上共存亡。
领头失落悬崖下，奋起群蹄赴死伤。

国家能源局副司长家藏两亿现金（宽韵）

小吏家藏亿万金，京城多少大官人。
包公手上新磨剑，漫步街头四处寻。

女子被骗生子抱子焚车自杀

美人轻许百年身，浪子山盟误当真。
不忍小三名份累，孤儿红粉一车焚。

网传安庆老人为享土葬赶在火葬改革前自杀

土葬千年变火焚，强收棺木并平坟。
安徽易俗名声好，大限来前逼死人。

为分征地款闹离婚一家六口被杀

一家六口赴泉台，活拆姻缘死爱财。
待解金钱能致命，人生无价不重来。

晚清人隐居卢龙山繁衍几代

几代埋名隐此间，卢龙岂是首阳山。

不知幼帝平民后，剪发分田内斗残。

网传李玉刚在台湾皈依佛门三首

一

昨夜星光大道人，今朝隔海入空门。
粉丝怒叱谁胡说，骂詈倾瘫事是真。

二

贵妃醉酒舞台前，绝色真情调正圆。
地下明皇应暗叹，未曾修得美人缘。

三

痴情难守美人春，伤透优伶似落魂。
忍向空门寻解药，百般无奈别红尘。

占中三子自首

占中三子戴陈朱，自首依然是勇夫。
教授良知神父德，落荒路上不糊涂。

查韦斯逝世（宽韵）

南天万里一狂人，忽报秋风落日沉。
敢对霸权横白眼，满街悲泪见民心。

芦山强烈地震四首（宽韵）

一

地震疯狂大厦沉，巍然不倒是人心。
他年再看芦山县，巴蜀风光第一春。

二

天灾彼此一家亲，肢体伤残痛苦深。

不计金钱先救命，争相献血陌生人。

三

天府重传地震强，灾情顷刻达中央。
三军速到芦山县，瓦砾掀开救老娘。

四

抢救灾情最动人，此时公仆果亲民。
奈何要到伤心日，才向苍生露本真。

安倍晋三修宪

修宪阴谋在拥军，法西斯寇又还魂。
重燃抗日华人怒，国恨家仇跃五云。

阿拉伯世界乱象

满目疮痍血色红，北非西亚到中东。
谁冲火海扔油桶，利益关联各有功。

埃及发生军事政变

总统生成靠选民，何时废黜任三军。
此间宪法如儿戏，不似中华一党仁。

四川洪灾

旱荒地震继洪灾，痛斥苍天万不该。
此处贪官虽更坏，生灵遭难事堪哀。

美国底特律政府破产

债务煎熬底特律，一朝破产万邦惊。
何时帝国需重组，或许华人是救星。

埃及镇压示威群众

人头滚滚血成河，忍听开罗奏挽歌。
军警横刀开杀戒，独裁如此奈他何。

薄妻、友当庭指证

囚徒昔日是枭雄，叱咤风云大唱红。
正在法堂申辩处，哪堪妻友证词攻。

陈永洲被抓三首

一

近来无事看新闻，记者居然是犯人。
千里匆匆驱警力，长沙跨界捉阿陈。

二

媒体多元使命同，鞭抽丑恶肃清风。
何期快报添新料，面对金钱也不公。

三

新闻难得几分真，记者良心早覆尘。
未料此番重试事，倒霉时候遇强人。

嫦娥三号拟探月

人间探月梦千年，今日嫦娥待上天。
李白东坡曾问事，此番明了属当然。

安倍参拜靖国神社

战犯疯狂罪早闻，横行安倍再招魂。
何时对日能开火，我作冲锋第一人。

山东汉子朱彦夫三首并序

朱1947年参加解放战争，继而赴朝作战，先后10次负伤，经历47次手术，手足全失。战场上左眼珠被子弹击出时捡起吞下。后又主动放弃国家给予的优厚待遇，回到老家当村支书，带领乡亲们修水渠、开荒山，把贫穷落后的山村建设成了风光秀丽的美好家园。晚年时，残肢握笔，花7年时间写成了30多万字的自传体小说。

一

抗美援朝赴战场，四肢何惜弃山岗。
眼珠刺出忙吞下，为看疯狂帝国降。

二

千刀难割故乡情，手足全无眼独明。
造就荒山风景秀，回头援笔写人生。

三

故乡水碧故山青，伟业成时痛也生。
父老泪花含笑放，心头永刻彦夫名。

香港闹“占中”

民主畸形闹占中，台前幕后刮西风。
偏离治港行为法，算尽机关也是空。

不厚

衙门讼案千宗黑，雾帐山城一曲红。
恶梦醒来人不语，是非真伪尽朦胧。

听专家讲法治建设

政治清明法治严，公民头上有青天。
青天已是千年梦，莫等千年亦枉然。

读林昭血书三首

一

咬断牙根读血书，人间地狱记秦拘。
温情女子男儿样，敢对屠夫骂独夫。

二

思想多从北大生，疯狂时代却无情。
林昭血迹书千古，出卖灵魂恶举铭。

三

明镜高悬断案明，奈何无罪妄裁刑。
窦娥血字冤难诉，治国胡为九鼎倾。

审判

老虎笼中似失魂，放归山上必伤人。
济南或有包公府，明镜高悬铡佞臣。

叙利亚化武风波

化武风波似海涛，美俄借故各横刀。
皆言拯救生灵苦，话里闻时几许骚。

失眠

辗转三更又五更，心头何事不分明。
张牙老虎催情酒，盗世乌纱混蛋名。

张会恩教授在病房陪伴爱妻

大师情重案眉齐，共约期颐旦夕依。
忽见杏林春雅淡，先生守护白头妻。

依韵复张会恩教授病房护妻

深夜陪医就冻哦，先生七字唱心歌。
虽言湘女情无限，张丈痴情或更多。

冰封岳麓小鸟下山觅食

漫天冰冻麓山春，满目晶莹遍地银。
小鸟飞来挥不去，只为觅食欲依人。

表彰晚会

锣鼓开场乐曲高，舞台燃放大红袍[①]。
银行重奖功臣后，万朵心花分外娇。

注：①舞台背景银屏是熊熊燃烧的火焰，在开幕式上表演的是着大红袍的员工。

回首五首用梁鉴江先生《西溪五绝句》韵

一

跳过龙门岁月遥，史河虽曲一帆飘。
东风待与何人便，劈浪挥竿上小桥[①]。

注：①小桥是当年高考考场所在地。

二

凤凰池满草浮丛，怕入无从辨北东。
谁解杞人家国恨，一腔心血自鲜红。

三

门前无柳亦无梅，只有斑衣认老莱。
良相良医皆是梦，书山闭户径生苔。

四

苍生有幸世声稀，紫陌春风现几枝。

打虎抓蝇多报捷，更从微小扎藩篱。

五

花城归去复耕禽，无染无欺趣自深。
兴起三更观曙色，星河徐转夜沉沉。

老同事聚会

青春无价进民生，二十年来未了情。
存款规模贷款利，满头白发是功名。

和网友紫气东来《潮涌三江》

一枝春放旧时楼，蝶绕红颜燕剪愁。
极目哪堪帆影动，载将离恨付东流。

注：潮涌三江：庭前燕舞旧时楼，蝶吻涵香花吐羞。春雨霏霏潜入夜，三江潮涌唤风流。

惊蛰

一声惊放小桃红，水漫横塘出百虫。
柳岸何人歌婉转，金衣公子表情空。

三八游园

年年三八逐吟诗，说尽莺莺燕燕痴。
今日谁家新媳妇，万千回首恐犹迟。

柳月情用云梦韵

月牵柳影立溪桥，半诉离情半撒娇。
却怨春风管闲事，缠绵时候献新桃。

云梦原玉：半月临溪半月桥，腊梅已老柳丝娇。不知三月春风里，几树樱花几树桃。

应侯立兵之邀戏题张贤亮

万年沙漠也如春，绿化无边树色新。
塞上影城灵与肉，男人一半是女人。

众诗友与梁丈鉴江杨丈光治迎春席上

羊城正月好春风，漫放桃花树树红。
弟子拜年如水淡，只倾长寿在杯中。

戏次逍遥居士《赠秀云君菜花照》韵

粗看蜂母采花黄，细察娇娃试颉颃。
怪道好诗无限意，相逢人事已沧桑。

逍遥居士原玉《即兴赠秀云君菜花照》：轻身如燕贴花黄，心绪随风好颉颃。不待青云妆碧树，一双紫剪割沧桑。

佛语

大佛逢人大笑迎，诸君点滴自分明。
从前恶举从今断，往后胡来罚不轻。

逍遥津怀古

逍遥八百怒曹儿，大破东吴十万师。
待捉紫须人窜去，张辽声赫止娃啼。

春分踏青

日隐花羞浅草堤，风筝归燕比高低。
且看得意谁家子，放了牵绳悔更啼。

次韵刘安定谒杜甫故里两首

一

吟怀嘉讽古今通，冷暖沉浮感发同。
睨对朱门呼广厦，杜登诗圣此言公。

二

效杜东施仰杜痴，邯郸举步我栖迟。
搜寻辗转难成句，未达愚衷愧作诗。

月全食

神州老虎性凶残，吃尽良民骨肉肝。
天上大虫猛于虎，瞬间吞月为加餐。

也咏昙花

偏迎夜色一枝开，黑暗何曾困俊才。
纵使中宵零落暂，清香靓影驻尘埃。

次瑞生韵咏诗人刘琳赴巴黎参加女儿毕业典礼

正是青山冒笋时，巴黎春漫探娇儿。
归来怒放闺中梦，不负刘琳报国诗。

次韵西山烛影《井底蛙》

宵非夜半午非停，日月难逢恨莫名。
庆幸雾霾无处染，藏身井底思冥冥。

次韵彭进苗《咏马》

三春好梦听嘶声，不惮长安万里程。
纵使名驹犹落泪，红尘未许一蹄轻。

庆五一

充饥健体三餐饭，耀眼消寒一袭衣。
不是工农辛苦后，何人得享世间怡。

出席汉诗总会汕头国际研讨会次胡源培君韵

国粹传承大比天，风人赴汕尽忘年。
汉诗总会交流处，白发登台妙语连。

母亲节之念

何处调羹奉母亲，青山残照土堆新。
慈容昼夜墙头立，依旧殷勤护子孙。

邓丽君逝世廿周年祭

莫问华人福几何，苍天留下丽君歌。
小城二十年前夜，悲泪曾浮故事多。

惜花

大雨倾盆昼夜淋，声声敲碎护花心。
轻拈地上残红片，借得清香泡酒吟。

传玄永哲被炮决

炮决王朝第二人，金三胖子虎狼孙。
将军血肉真无价，唤醒长期未醒邻。

应珠江月诗社群主弄影摆擂诗

（要求诗中含江、月二字）

擂台摆在大江边，举首寻诗月未圆。
近岸船头花有影，虚名笔下我无言。

依韵和汪良忠博士《端午忆少时划龙舟》

待发人蹲竞赛舟，双眉紧锁楚臣仇。
枪声响起飞如箭，夺锦男儿坐上头。

次韵陈楚明《种莲日记之盼花三首》

一

风姿如梦是谁栽，叶正圆时蒂欲开。
莫笑诗人情太重，无缘也续几章来。

二

依稀池畔待言迟，岁月难销梦里枝。
只有楚明微信好，图文勾起莫名诗。

三

竹马同骑并捉蜓，殷勤相护几时停？
天涯歧路春秋苦，白首重逢眼尚青。

附陈楚明原玉：一、贮水移根一钵栽，圆圆渐次向人开。无端烟雨空朝暮，欲待江南消息来。二、江南消息苦来迟，望里新枝换旧枝。不见采菱兰棹过，儿童隔壁读唐诗。三、儿童隔壁捉蜻蜓，池上芙蕖尖小停。一钵风波无自弃，尘埃出脱也青青。

长沙重见陆辉君

八年同事四年邻，报国情怀寂寞人。
偶把牢骚倾吐后，心花两放洞庭春。

题弄影海南戏水照

七月天涯暑正浓，芙蓉怒放海潮中。
昏花老眼因何亮，微信屏开一点红。

陪贺寿水登白云山

两个同窗共榻人，[1]麓山曾梦凤池春。
清风作伴重逢日，白首从容上白云。

注：①上大学时我与贺同寝室，上下铺。

耒阳文联主席熊艾春网上晒诗获差评怒砸社区网站电脑

文联主席兼书记，网络评诗笑艾春。
怒砸社区留字据，斯人有勇欠斯文。

秀才雨中访友轶事

雨中访戴谊殊真，路在何方尚未闻。
未到前程钱不付，下车淋透秀才身。

陪国权游白云山并次其韵

山头风软白云飞，脚下层峦叠翠薇。
席地漫谈年少事，晚霞青眼两争晖。

哈尔滨行两首

一

鸡爪鸡头万里行，瞬间南国到冰城。
囊中暑溽归秋爽，海畔斜阳换月明[1]。

二

十八年前载梦行，哈滨春近满城冰。
为尝热血如何冻，再续云程赴北冥[2]。

注：①哈尔滨与广州相比，不仅温差大，时差也明显。② 1997 年下半年，我在哈尔滨学英语 4 个月，至元旦时，当地气温还止零下 23 度，犹

嫌不够冻，我与窗友英林汉禹荣刚乘25小时火车到漠河，体验零下40多度的严寒。

庆“八一”用王冕《墨梅》韵

军人脚步千钧重，过后应留踏石痕。
细柳营中传缚虎，皆言八一定乾坤。

次韵肖柏跃《立秋有感》

细尝风骨识新柔，酷暑低头正立秋。
走遍天涯知世味，炎凉可续不能休。

初降土尔其

万里云程翼展西，环球小小见闻奇。
朝阳应上花城塔，夜幕犹笼土尔其。

爱琴海边漫步

海自风流酷爱琴，多情唯恨少知音。
浪花溅湿钟生袖，醒世清凉润到心。

参观爱琴海畔以弗所古城遗址

远古文明史未沉，石头城对海弹琴。
三千岁后留遗址，伟构怦然动我心。

参观阿斯潘多思圆形剧场

百级圆形大剧场，三千年后亦非常。
王侯帝国兴亡事，尽在消磨石壁藏。

闻天津受灾

忽报天津现大灾，未明真相只能猜。
人间打虎风雷激，魔鬼寻机酿祸胎。

次韵岩石劲松《雷霆夜雨》

微信惊回晓梦中，欣知雷劈广深空。
苍天警世心应累，老虎皆聋不理钟。

岩石劲松《雷霆夜雨》：一阵雷霆似梦中，惊天动地破长空。奔腾万里银河泻，合是人间警世钟。

伊斯坦布尔马尔马拉海岸风光

青山绿水白云天，海韵风情更可怜。
土尔其人凝聚紧，一桥锁定亚欧缘。

土尔其旅行归来

西游万里亚欧秋，风景迷人饭菜愁。
飞到广州方着陆，似闻香味晚餐牛。

迎秋

高温如煮难休假，地里田间人尽骂。
一年好梦在秋收，夏末辛劳无日夜。

到株洲与诗人孙晓廷诗评家冯峰画家肖旭聚并获肖旭赠画作牡丹图

金风送爽到株洲，画意诗情满满收。
此处牡丹常富贵，天香怒放不知秋。

题蓝布衫照片

青山远近淡浓烟，赤子家园百亩田。
不忍抛荒秋色里，野花零乱鼠鸡眠。

题罗树辉云际岩松图

咬住悬崖挽起云，雷霆怒处得精神。
千年挺就横枝劲，冰雪封山更傲人。

感怀用抱朴书生韵

梦里寻求醉里狂，头颅气势可经霜。
何人欠我青春债，讨遍天涯尚渺茫。

附抱朴书生原玉：看秋瞳诗妹照片感怀　青春荏苒拟疏狂，一梦皤然鬓似霜。最怕登高情不禁，浮云落日两茫茫。

悼弄影父亲在河南逝世

秋风落叶下黄河，悲泪倾同白露多。
欲拨乌云窥缺月，城头已响别离歌。

北大培训掠影

未名湖畔我初游，白露枝头塔影秋。
一种花开常不败，自由争放教书楼。

教师节礼赞

十年树木百年人，岁月无痕付粉尘。
莫道寒酸归老大，却赢桃李万家春。

京城湖湘老同事招饮

秋生白露我来京，满饮三杯故旧情。
醉问诸君天下事，尽含微笑却无声。

次韵张裕迎教授《未名湖感赋》

谁解名湖竟未名，波光岸影旧风情。
和珅后院储藏处，基石犹存带泪评。

张教授原玉：北大名湖名未名，几人深悟此中情。
大师犹遗惊天梦，留与千秋作美评。

离京赠台阁诸君并约新年再会

秋风渐紧别京城，不忍栖迟叶满庭。
待到枝头春怒放，再来催促凤凰鸣。

全球汉诗总会诗友聚广州天河大厦

花城秋色好风光，白露枝头叶不黄。
放眼天河潮涌处，高低立定汉诗郎。

全球汉诗总会诗友聚天河大厦次张铁钊副会长韵

寂寞诗人几度寻，杯前一语便知音。
秋风怒放心花夜，扑进天河抱月吟。

次韵卓姬《题图》

秋蝉伏桂隔梢吟，月色清香自动心。
不忍入眠轻失去，红尘错过再难寻。

次韵张裕迎教授《中秋节感怀》

人逢花甲满头秋，少小功名老大求。
世事恨吾难作主，尽随黄叶逐东流。

次韵侯立兵教授《归闲一绝》

漫卷重帘落叶纷，西风归雁渡浮云。
黄花易瘦长安远，望断何曾一字闻。

参观南京明皇城中华门

万丈城墙石砌斜，层层守护帝王家。
三年靖变清君侧，骨肉真龙剩火渣。

参观南京总统府

街边排队旺空前，票价无端五十元。
万里江山曾败北，人潮未必是思贤。

游瘦西湖

秋风轻渡菊花香，曲水弧桥画舫忙。
欲问西湖何处瘦，吴娃腰细柳丝长。

参观平山堂

平山堂里帝王诗，道尽文章太守徽。①
因羡此中存六一，年年呼唤我来迟。

注：①乾隆第二次到访平山堂时有诗句云：春巡处处前徽仰。

访个园

修竹千竿个影闲，楼台百亩布连环。

园中半日人如醉，登尽江南四季山。

注：园主人爱竹，修竹满园，园名亦取竹叶象形个字。园中用各种石头堆成四季假山。

访何园

寄啸山庄泽被长，祖孙虽远翰林香。
回廊曲尽楼亭妙，家国勾连盛一方。

运河东关古渡

古渡千年水尚清，画船难载帝王情。
横行想尽来回便，凿就通途一叶轻。

参观煤矿三首

一

亿万年前大木荒，沧桑几度几埋藏。
时人未尽嫌脏黑，烧透残躯再发光。

二

矿洞阴森百丈深，时淹时塌总惊心。
抬头尽似非洲汉，无力明眸个个沉。

三

矿井归来久不宁，红尘能有几人醒。
平安出入兼温饱，已是苍天慧眼青。

日升昌票号两首

一

平遥票号日升昌，两百年前誉四方。
敢问银行高管阵，如何烂账不心慌。

二

柜台三尺事繁荣，密押安全核算精。
九十年间无烂账，银监今日愧丛生。

参观平遥县衙展览

公堂肃静大门开，衙役威严列两排。
醒木无惊非县吏，令签虽小净尘埃。

平遥古城

西周北伐尹家兵，驻足平遥建古城。
秦汉隋唐烽火后，南街东巷尚分明。

次汪良忠博士《茶花开》韵

枝头雅淡美人来。先报多情雪夜栽。
只怪秋风寒不够，梅花未肯并肩开。

注：汪八年前冬夜栽下茶花树，如今花儿怒放，情动吟诗，有“敢笑梅花不敢开”句。

油茶花

秋风渐紧渐繁华，色不妖娆性不夸。
清冷自知蜂蝶远，岂能无趣怨人家。

赴湘天华茶油基地攸县用抱朴书生韵

心无八卦误阴阳，进是山头退是江。
攸县茶花香远播，成功引我入三湘。

众诗友到攸县茶油基地采风

攸州自古倚炎陵，敢放冬风万树荣。

忽报四方才子到，茶花一夜盛开迎。

武当山诗会

楚泽冬风不觉寒，武当道观立云端。
山中数日摩诗画，星斗横斜倚剑看。

从武当到宜昌导航有误绕道隆中

车发宜昌路不同，未期绕道过隆中。
英雄对策三分国，吊古情缘误导功。

忆武当游次侯立兵韵

诗难入道道难群，欲近还疏自古闻。
踏上武当金顶后，骚仙牵手紫霄云。

到秭归

诗人多舛美人悲，访古兼程到秭归。
一曲琵琶千载恨，伤心何止是明妃。

七律

晨读忆父并序

晨起洒扫完阳台，就坐在阳台上阅读。忽忆起儿时每天拂晓父亲就把我叫起，先打扫完廊阶地坪，就在廊阶上就着蒙胧的光线读书。我深深得益于父亲的教诲，父亲却早已走了……

诗书洒扫事相同，五十年来乐此中.
舍死忘生遵父命，修身养性续家风.
亲恩欲报泉台渺，悔念虽多悟叹空.
劝学扶贫心向善，记牢遗训慰先翁.

亲友迎春聚会

亲友迎春又一年，枝头争放艳阳天。
林家凤舞梧真茂，杨府花开月正圆①。
初试锋芒皆哲哲，暗含香露尽田田②。
江山秀美人才俏，且对东风把酒传。

注：①三四句：亲友中有林家夫妇，也有陈家夫妇。②有初参加工作的男孩子人呼哲哲，女孩子人呼田田。

蛇年春节

东风又启一年新，百倍精神扫尽尘。

妻子笑拿资本利，女儿赢取考场春。
无忧蝶梦同谁享，不老诗歌待我论。
善舞蛇弧中国结，千杯皆少庆良辰。

女儿静远十八岁生日遇元宵

袅袅婷婷十八春，花灯圆月照良辰。
唠叨久了和娘闹，娇宠浓时对父亲。
梦浅心悬荒学业，更深语细话为人。
元宵满酌成年酒，闹墨清香似已闻。

乡友聚会

湖湘子弟聚新春，上有京官下有民。
白酒难红愁脸黑，低声议浅话题浑。
从来王道兴亡律，失去人心覆载论。
贪腐横行天地怒，谨防曾左再成军。

三八节示妻

晴光丽影暖融融，节日风情处处浓。
莫道龙钟双鬓白，偏知浪漫一枝红。
酬妻兴起诗多首，慰我痴添酒数盅。
今世恩深来世续，梁间归燕总相从。

读蔡鲁伦行长回忆录《寸草春晖》

一卷芬芳寸草茵，春晖虽往忆犹新。
文章满注温情爱，成就关联共事人。
纸醉金迷非兴趣，公平正派长精神。
墨香淡淡同谁品，地北天南若比邻。

女儿静远参加高考三首

一

点滴关心十八年，三更明月五更天。
衣添厚薄因寒暑，食备晨昏怕淡咸。
出落纯真容易近，生成乖巧自当怜。
霞光万丈鲜花艳，高考门前笑影妍。

二

苦读晨昏十二年，一朝暴发在今天。
文思冷静神来笔，态度轻松步上巅。
先易后难还复核，眼明心细再重研。
回头漫话真高考，万丈关山梦已圆。

三

结果高低莫较真，输赢未必此时分。
前程万里心花艳，后劲千钧气象新。
走出考场方起步，劈开荆棘可凌云。
他年再说成功事，大好风光系苦辛。

体检

见肝见肺细查身，笑与医生话本真。
血压不高人尽兴，[①] 血糖可控酒生津。
耳聋正好谐嘲讽，眼近无须叹世尘。
贱体平安微疾有，胜他官大总惊魂。

注：①血压高的人不宜激动，故很多情况下不能尽兴。

送女儿静远上江西财经大学

云程发轫赴南昌，菊正含苞桂正香。
十八年前春兴奋，七千夜里梦辉煌。

梧桐誉远来丹凤，父母人和见曙光。
莫笑老夫诗酒待，财经衣锦伴还乡。

毕业三十年相聚海南四首

一

深秋窗友海南行，三十年来阔别情。
事业寒酸人已老，心潮膨湃意难平。
生成我是潇湘汉，禀赋言多辣子声。
自愧几分遗憾处，天涯回首慕峥嵘。

二

岳麓山边四季花，非蜂非蝶独还家。
情因渴望相思乱，人受煎熬异想遐。
香火相传为父母，身心疲惫忆桑麻。
海南十月如春地，共话天涯一碗茶。

三

钱多官大色常妍，今日回头尽似烟。
只有友情如月亮，不分寒暑照人圆。
丝毫苦涩同君诉，片刻欢愉令我甜。
远近岂随穷达改，眼翻青白是非缘。

四

相思太苦话同窗，三十年来各一方。
嫁给英雄仍有恨，娶回天使未忘伤。
鹏程报捷闻声醉，玉体违和觉夜长。
皓首天涯重聚首，小阳春色好风光。

十年后重见张凤鸣行长

百越梧桐引凤鸣，与君同日到花城。
三年共事经风雨，十载回头认弟兄。
真伪有痕曾细察，是非无语早分明。

闲来再向天河聚[1]，鬓满秋霜酒满觥。
注：①酒店名天河大厦。

老态

得意曾经贱体强，四肢无力再风光。
夫妻整日忙家务，手足通宵觉骨伤。
人说老时心不服，事临难处首空昂。
平生几许青春梦，待用诗歌慢慢偿。

致童年诸友

豪情万丈忆天真，转眼皆成半老人。
江柳尚存枯叶梦，冬风吹醒小阳春。
情怀迥异亲如陌，趣好相同远也邻。
且看年年湘水绿，流波洗罢我和君。

马年除夕

枝头萌动晚寒中，春意依稀稍不同。
一马奔来花甲近，五湖归去夕阳红。
难留岁月痴心守，郁滞情怀醉酒通。
远处钟声相继起，新年已到借东风。

元宵节与西方情人节同日

乾坤巧转变时空，异域风情此日同。
三五元宵春梦好，万千伴侣海棠彤[1]。
繁灯照亮红尘路，满月羞圆白发翁。
美酒几人今夜醉，东西习俗一杯融。
注：①因平仄要求，故称海棠；当然，朝鲜干脆称玫瑰为海棠。

题出席全国两会女同学刘惠好戴晓凤

京城盛会两枝花，出自潇湘艳似霞。
生就多情风韵好，清于老凤政坛夸。
一言妙计兴华夏，三昧良谋见大家。
我朽却怀些许慰，曾经岳麓共窗纱。

晓梦（宽韵）

鸟语穿窗报早晨，梦回犹记祖恩深。
铁锅矮灶烧红薯，柴火浓烟驾白云。
半夜补衣灯曳曳，三餐借米步沉沉。
相思若有阴阳雁，告慰人间已是春。

清明前怀念祖母父亲

满天风雨近清明，远了音容未了情。
地主家庭蹲地狱，书香门第禁书声。
人无罪恶囚前笑，道守忠良劫后生。
祖母深恩严父德，梦中图报晓钟鸣。

重遇西安师弟兼入党介绍人李骥

碑林雁塔古城秋，笔墨青春共一楼。
天下兴亡多少梦，世间苦乐几分愁。
如君美意成同党，似我愚忠到白头。
衣锦归时无愧悔，秦人楚客两风流。

重遇老同学唐庚荣

庚辰何幸事何荣，走出山沟万里行。
上海滩前赢世界，北京城里稳朝廷①。
投胎密码三年苦②，入骨基因百姓情。

四载同窗同爱恨，天涯头白尚分明。

注：①唐是新华保险总公司班子成员兼上海分公司总经理。总公司在京。②唐上世纪六十年代初出生农村。

七七事变和南京大屠杀 77 周年祭

重逢七七事殊惊，倭寇疯狂再点兵。
夫子庙前魂尚泣，卢沟桥畔血犹腥。
冲冠发怒屠城恨，入梦牙磨卫国情。
安倍尽谄儿戏语，三军解禁说和平。

草韵秋声

蝉知时序作秋声，白发悠闲仔细听。
草色始凋心未倦，霜寒将退叶还生。
黄依地脉无穷梦，绿护人寰不了情。
一语精微难独享，搓成七律赠诗朋。

长沙重见李赛辉等当年央行同事

有幸当年事与同，心灵相印气相通。
央行使命千斤重，赤子情怀一念忠。
出手不轻为治乱，执言虽戆但求公。
湘江岸畔重逢晚，醉对秋枫片片红。

呈湖南师范大学张会恩教授

文曲辉增岳麓姿，春风许我拜师迟。
曾违远近因迷路，不顾饥寒只爱诗。
七字自惭非项韵，一章皆仰慕韩题。
何缘亦有三生幸，得沐名山雨露时。

诗获奖并序

广州市委宣传部文联举办“勿忘国耻，圆梦中华”诗词竞赛，我以“七七事件”和南京大屠杀为题投七律一首，获三等奖。颁奖时发证书，并安排名家现场书写获奖作品。在众多诗人书法家中，有不少同乡同姓大家。虽值冬至前夕，却阳光明媚，气氛感人，吟诗以记。

无忘国耻证书红，大雪阳光度暖风。
一律叨陪三等奖，寸心深慰半生功。
龙蛇舞活诗词态，韵趣催生柳赵工。
新识满堂文墨友，同乡同族耀其中。

立春

四季花城又是春，六旬已近百年身。
饥寒尽免头仍白，怨恨全无眼也昏。
洗去衣尘天欲雨，抽开芽叶柳将阴。
东风有意随人愿，染绿诗情蘸酒吟。

惜春（宽韵）

春将归去暗伤神，一夜无眠到早晨。
惹蝶花开红未够，藏莺柳曳绿偏深。
当年好梦多痴语，此刻灰心渐老人。
幸有诗歌如火热，豪情常在四时吟。

儿童节

万千希望在儿童，历尽辛劳事始工。
擦去窗尘红旭日，吹开叶瓣绿春风。
十年树木休轻折，百载成人莫急功。
今日倾杯题六一，情怡几许在诗中。

秋情

花城秋色也精神，树自青葱暑可人。
鸿雁守时归白露，夜娇知趣放黄昏[①]。
南游诗意无霜老，北顾乡情对月陈。
亲友平安风雨顺，丰年消息慰殷勤。

注：①夜娇是夜娇娇的简称，即紫茉莉花，花期为6-10月，黄昏时开放。

秋夜公园观广场舞

街坊尽是乐天人，夜幕池边爱健身。
舞影稍僵移步快，歌喉难婉用情真。
因夸媳妇腰新瘦，得讽先生眼又昏。
我自偷闲神似醉，花城秋韵与谁分。

重阳

匆匆时节又重阳，八秩萱堂在病床。
或许来年今日忆，已成流泪报恩殇。
人生总有难圆事，鸟羽犹衔反哺粮。
我处江湖空俯首，秋风还到竹溪塘。

平安夜

瑟瑟冬风凛凛寒，官场今日话平安。
公权莫染黄金色，私欲宜防美女关。
左右移时红线在，高低就处壮心宽。
寻常不必求神佛，一觉轻松夜已残。

年终回首

年终揽镜共谁嘘，一岁风尘鬓角疏。

八百首诗花甲梦，两三件事肚肠枯。
人前得趣闻乌有，夜里挑灯叹子虚。
又是轮回元启日，还需跃马莫闲居。

郊游

艳阳初照树梢荣，物态争春百媚生。
柳动风情腰绿扭，花瞒名字眼红睁。
迷香未记来时路，尽兴迟归不夜城。
白发夫妻神色好，郊游一日也年轻。

惜春（宽韵）

十分难舍一分春，苦对黄昏笑对晨。
雨打三更犹润梦，花开二度也传神。
莺声脆软嫌人老，柳絮飘浮惹恨深。
惜取落英红片片，只争朝夕抚诗心。

五一忆劳动

筋骨粗坚百炼身，专员曾是种田人。
三餐半饱犹添寿，四季双收也落贫。
扁担挑残堤未起，镰刀割钝月方沦。
休言少小生存累，苦难磨成意气真。

马年回首三首

一

春华秋实腊梅开，岁月多情润两腮。
正值雪深尘径掩，却闻人报令郎栽。
马蹄踏碎坚冰去，羊角扶摇好梦来。
放下心头些小事，年轮滚滚试君才。

二

马到成功此话真，年终回首长精神。
苍蝇碰壁随尘土，老虎惊魂怕路人。
变革点燃千丈火，创新呼唤万家春。
中华大梦同圆日，断腕当存壮士仁。

三

岁岁平安砌满苔，公衙清静好书斋。
谁言不解其中味，自信能消此外灾。
阅尽古今长短句，吟穷肺腑屈伸才。
悠闲悟得风光近，笔墨春情已动胎。

三九从广州飞三亚（宽韵）

午发南疆再向南，云霞同降凤凰山。
海天拥抱临三亚，冬夏轮回在瞬间。
曲意迎人花涩涩，深情留客水蓝蓝。
重来十载忙闲异，漫把风光醉眼看。

题长江三峡工程

悬湖高峡接烟云，万里奔流见屈伸。
神女生涯回梦泽①，昭君故宅入龙门。
头轻尾重银蛇舞，蜀肿吴消地脉驯。
发电防洪兼运道，蓝图只有此时新。

注：①历史上云梦泽范围很广，后逐渐淤塞围垦，面积大幅度缩小。三峡工程后又大大扩大了云梦泽的范围。

携女儿登滕王阁

城头百尺滕王阁，大序千秋出少年。

莫怪阎公横白眼，未知秋水入长天。
江山总被英雄改，笔墨常随雅士传。
慎告吾儿抬起步，一层一级上楼巅。

游意大利法国

举家休假到西欧，万里云天一样秋。
时尚巴黎空浪漫，龙钟罗马不风流。
三餐苦涩无兼味，四处难防尽小偷。
街上百年临老店，萧条各自竞忧愁。

参观罗浮宫艺术展览

罗浮宫里古文明，倾倒游人刻骨惊。
墙上画图生爱恨，史前雕像动风情。
艺坛不老奇葩色，尘世难寻杰作名。
总道东方无限好，此番归去应低声。

英国游感（宽韵）

七月闲邀度假人，东风万里到伦敦。
蝉分国别悲秋早，盗似年轻入道深。
圈地血腥城堡旧，殖民舟覆剑河浑。
圆明园里珍稀宝，落日余辉照我寻。

德国游感

大战双开痛楚殷，励精变革始翻身。
政经发力锋芒好，朝野同心悔恨真。
宝马奔驰驮大众，柏林盟约淡三军。
古稀可庆联邦寿，绿水青山似早春。

内蒙访古

大漠长河雪未飞，胡天八月草原肥。
威疆万里夸骑射，香冢千秋望秭归。
落日牛羊回远塞，随云雁阵到边陲。
休言不愧新时代，内外分蒙见界碑。

游珠海

长假休闲到海边，游人如织浪花前。
横行浅水抓乌蟹，翘起漩涡戏白鲢[①]。
李府千金婆更重，张家独子岳为先。
特区一日流连晚，万点华灯不夜天。

注：①水中不时漩翻的鱼肚粗看就像白鲢。

丽水行

景醉游仙物醉神，浙西瓯北处州春。
青山虎踞排岗哨，绿水蛇蟠护主人。
剑卧龙泉天有象，石生鸡血印迷君[①]。
留连胜地千般好，不懂风情也断魂。

注:①乾隆80大寿时,有大臣送青田石印,帝大喜。

连江海上渔村

海上浮楼十里城，酒廊超市万家灯。
风生物我同摇摆，潮变人天共降升。
一枕惊涛成霸梦，三餐美味带龙腥。
何时了却尘缘苦，也作渔夫不计名。

今日湘西

历代高人爱武陵，湘西今日更闻名。

龙飞矮寨天河近，凤舞苗乡地脉兴。
外媳华郎新气象，秦砖汉瓦旧文明。
风光叹止张家界，举起金鞭客尽惊！

与老同学何永辉刘浪夷肖柏跃相聚

岳麓书香淡墨痕，匆忙三十四秋春。
方言见笑乡巴佬，暗恋咨询地道人。
报国情怀当日梦，归家况味此时身。
分歧莫唱阳关曲，共拥清辉月一轮。

与何永辉共勉

岳麓山前墨并磨，岳阳楼下共乡河。
虽居闹市心无染，似在桃源欲不多。
淡饭粗茶花月好，吟诗把酒气神和。
官商互渡珠江岸，幸有何郎伴我歌。

次韵杨老师《母垂危》

如丝一息去留煎，永诀慈容在眼前。
恩宠自和婆媳事，天伦最重祖孙缘。
三迁训子生涯累，半渡倾船处世严。
但愿仙庭通雁字，慰亲点滴付轻缣。

次韵世明《致敦和》

岁寒三友聚华堂，漫话诗文各一章。
还似旧时童谊好，可堪今日老人狂。
功名有愧心无愧，富贵难张道易张。
共约田园归去乐，鱼塘菜圃白须郎。

次韵孙晓廷先生《品读〈常新时代不老诗〉有感》

书经雅品再寻思，笨马加鞭亦续驰。
下里巴人偏爱韵，西施同伴枉为姿。
心惭试玉三天满，笔愧乌台四月迟。
湘粤虽邻山水隔，长沙故旧代传诗①。

注：①写此诗时我与晓廷未曾见面，由世明转交。

叠韵再次孙晓廷

伴程风雨正寻思，路过株洲意绪驰。
幸得周郎重顾曲，羞生徐氏老为姿。
财经事共家难富，雅趣心同识却迟。
料想他时相对日，千杯皆少再题诗。

元宵夜次建成韵

乡情总在寸心萦，忽报黄陵草又青。
四十年来人已老，三千里外念常生。
天涯道义钱难买，意气江湖怨莫凝。
街上花灯明月夜，元宵一韵是新声。

尘封岁月・用杨老师韵

尘封岁月忆相连，记得低头在矮檐。
虽未藏锥拦博浪，也曾结义宴桃园。
绳床做罢翻身梦，曙色催开出水莲。
咬定书文心不动，回眸功赖志如钳。

次韵建成《春宵独酌……五味纷呈》

方收短信诉工棚，勾起当年一样惊。
本想小桥通世道①，那堪春色老花城。

更深独酌酸心味，路远相闻拍案声。
何物风清能醒酒，同窗兄弟故乡情。

注：①小桥是我与建成同窗时的学校地名。下同。

次韵杨老师太极拳诗并序

看别人打太极拳，如游云、飘叶，神韵悠然，令人心动。真到自己练习时，才发现人老骨硬，呆笨如牛，挪腾时甚至站立不稳。方知吾老矣。

向往多时太极拳，也曾心动请人传。
云移婉转非今日，叶舞悠闲属昔年。
翘起牛头无卷角，跨开马步未鞍鞯。
生来不懂挪腾事，幸得强身梦已圆。

次韵晓廷《惊闻又一官员落马》

虎狼当道事难颠，民怨腾腾国已悬。
除恶有心人白首，兴邦无力愧齐天。
千秋变革垂功德，十载徘徊应汗颜。
维稳扬汤忙止沸，空将北辙对南辕。

次韵晓廷《官场素描》

衙门今日曰机关，缺德无才上不难。
文武头衔分级卖，忠良珠泪向空弹。
庭前五柳风光秀，灞上三章道路宽。
天下黎民何薄幸，辛酸不似古人欢。

次韵晓廷《寄语新春》

短信通灵翰墨香，春风造势起潇湘。
情豪气贯三千丈，纸贵诗成十万张。

主席台中陪末座，芝麻帽下是华章。
谁人识得愚怀乐，税务金融铸两煌。

酬建成《山中闻笛》见示（宽韵）

山月曾陪我与君，稻花香里读书人。
风华织梦前程好，笔墨投缘难谊深。
一别小桥天各异，三思尘世韵常吟。
春风今夜传消息，往事如昨笛曲真。

读晓廷《有感》而感并次其韵

少不知秋老恋春，平生幸自出寒门。
常轻世上千般苦，最重人间一缕温。
血泪淹家休挂泪，风尘满道未蒙尘。
抬头只见霞光好，笑把黄昏当早晨。

次韵晓廷《陪朋友踏青》

殷勤相伴踏青来，斗艳心花一路开。
我躲红尘非有意，君临紫陌自无霾。
摇情柳得东风便，布锦春经燕剪裁。
归去重温今日乐，天时地利共人乖。

酬杨老师《服侍前人教后人》见示并次其韵

万一难偿是母恩，师依病榻侍晨昏。
当儿不识咸和淡，做父方知苦与辛。
曾解小桥文字惑，又鞭南海孝贤臀。
萱堂折骨横床久，未报劬劳愧做人。

次韵何良厚行长《读<常新时代不老诗>》

共事潇湘未示姿，饱经磨难或多思。
只因白首常回首，且把陈词作滥词。
阅尽疯狂心不动，交流厚道信相驰。
资江幸自通南海，可使咸波化淡之。

次韵何良厚行长《重九咏怀》

路入崎岖险自增，轻撩白发共攀登。
风前落帽排嘲士，桌上闻雷失箸朋。
不是多心防虎口，岂能俯首望鹏程。
秋山漫放经霜菊，九日诗毫当剑横。

次世明《听专家讲周边军事形势三首》

一

泱泱大国五千年，南海波涛北漠烟。
难得和平圆甲子，敢期幸福坐华轩。
四邻似虎图谋久，寸土如金护守坚。
十几亿人同一梦，联军再起不翻天。

二

周遭密布虎狼圈，总有阴谋恶举传。
只化书生犁剑后，将输政客说辞前。
钓鱼诸岛伤心地，出海群沙自古缘。
即使空城吾亦守，千军退去一人弦。

三

大国雄姿养晦成，人心利器铸疆屏。
船潜碧海强权恐，箭射银河霸主惊。
备战筹谋防盗匪，和平夙愿护生灵。
一星两弹东方立，有口皆碑赤子名。

毕业三十年用晓廷韵

青春意气壮山河，老态重逢几笑窝。
家国消磨头易白，怨恩牵扯面难酡。
宁从德厚机缘少，不取言虚实惠多。
三十年来乡土汉，曾经玉帛与干戈。

致童年诗友世明

千里长沙一夜驰，感君邀我聚题诗。
依稀互助灾荒日，仿佛无猜少小时。
苦乐人生多共识，微茫心事见相知。
如今放下功名累，只把乡情入骨思。

致株洲诗友孙晓廷

不在同乡共事群，诗缘牵系我和君。
吟成七字风流句，唤醒孤芳自赏人。
品格清淳生韵味，情怀雅淡得天真。
年年渌口江波碧，洗砚千回水未浑。

次韵晓廷《诗友聚会金辉有感》并致世明

莫逆心神七字晶，金辉初识感风清。
闻诗已醉还添酒，见利无趋自雅名。
大雁南飞人北顾，乡钟休击鼎空迎。
新朋旧友相逢夜，月正圆时慰此情。

次韵晓廷《神农谷》

神农山顶傲湘巅，香火千年奉四仙[①]。
蓄豹森林风景寨，醒人空气水晶帘。
怜民采药曾留印，避武为名实爱泉[②]。

若见桃花休问路[3]，相思如梦到今天。

注：①山上建有奉祀古、李、徐、陈四位神仙的庙宇。②相传神农上山采药曾留下脚印；骆宾王讨武则天失败后曾在此避祸。③神农谷原名桃花洞。

和晓廷局长《南靖土楼》

土楼史上说奇葩，南靖千年百姓家。
大小三层天地柱[1]，方圆五朵菌梅花[2]。
江山古迹雄当代，云水新名化老茶[3]。
莫笑诗人吟唱苦，欲求神韵听琵琶。

注：①土楼抗地震、防台风、防盗窃，住土楼中给人如立天地间而不败之感。②日本学者茂木计一郎说：土楼是地上长出的蘑菇。③长教古镇后更名为云水谣古镇。

用韵酬世明《贺同事晋升》见示

晋级文书墨迹浓，关心尽在不言中。
英雄拍案方成器，妙曼生春岂动容。
默契敢夸鹦鹉舌，忠诚已胜日葵功。
长期护守多优待，始似芙蓉别样红。

次韵晓廷《又逢人事调整时》

位卑不怠得心安，无愧人生屈也欢。
鱼钓直钩蹲渭水，墨香横溢出随园。
东邻侧视三年苦，寡曲高弹六月寒。
夕照殷红秋色近，深情护税独凭栏。

以数字次韵晓廷叠字诗《边城清江寻梦》

一字冲天白鹭鸣，二人相识在江城。
三生有幸心非远，四海无尘月自明。
五十诗文君不寂，六旬花甲我先盈。
七言难诉还春梦，八面张罗未了情。

感怀

何处忘忧觅乐园，寻思头白我争先。
奸邪得利非吾愿，厚道为人是祖传。
身贱也曾求进取，途穷未敢卖清廉。
他年或与儿孙便，善恶荣衰且等闲。

酬世明《题美女》见示

眼动波横暗自惊，肌肤如雪嘴如樱。
心中似有菩提树，梦里还生世俗情。
烦事不多精练达，芳龄虽小最机灵。
分明已是忘年友，谁解深秋半夜铃。

步韵酬世明国骥《秋意》见示

秋韵冬来两首诗①，潇湘北望意迟迟。
重重蝶影迷庄梦，隐隐烟波没屈祠。
一样难忘心血热，几回偿得利名痴。
山川秀美多花月，不是无情也过时②。

注：①收到两人《秋意》诗的前一日立冬。②世明诗中有句“豪情满满空邀月，入眼山川好赋诗”；国骥诗中有句“男儿不是无情客，梦觉南柯愧为诗”。

酬田社初《读敦和诗词有感》并用其韵

岳州诗苑一枝横，千里闻香识弟兄。
容易老为童友鬓，最难忘是故人情。
田园苦乐同胎记，世味酸甜寄韵鸣。
回首洞庭湖畔事，与君相望竹溪明。

再酬社初七律两首见示

竹溪塘畔望千秋①，少小农夫各自愁。
只羡高才先折桂②，曾鞭笨马不回头。
愚怀暗许云程远，好梦终于蜀道休。
乡月如昨心未老，寄情平仄胜诸侯。

注：①田家在千秋村，我家在竹溪塘村，相距一华里。②田于 1977 年参加高考，先我折桂。

次韵世明《参观唐生智故居》

英雄旧宅静中幽，战火烽烟几度秋。
万里驱驰民国将，三湘企盼共军酋。
曾凭勇胆惊群贼，终少机缘失宝瓯。
砖瓦依稀人不在，一声叹息付东流。

依韵酬世明晓廷《朝鲜局势》见示

三代途穷万象枯，领恩年少亦称孤。
后生可畏持权柄，先主担忧托妹夫。
老虎恃威拦路立，猎枪长眼隔林诛。
寒风怒号悲成泽，一世功名一夜无。

次韵酬世明《衡阳人大换届贿选》见示

选票张张对价红，初传千里似雷隆。

曾忧世事无常变，始信权钱到处通。
资格不符邪念起，献金虽异丑闻同。
雾霾退去青天现，拱手潇湘刮好风。

次韵酬世明《年末感慨》见示

一阳生就苦寒时，春色勾萌我自知。
任意雪飞千万片，激情梅放两三枝。
人关陋室温书墨，梦想贤才赴凤池。
皓首未忘扶送事，年终发力不为迟。

步韵酬肖柏跃《自嘲》见示

农夫小吏写春秋，几许豪情已白头。
杯酒劝时吟楚曲，雪花飞处动乡愁。
六年学晚成宏器，十载提前退激流[①]。
更羡肖君书法好，文房四宝胜封侯。

注：①肖诗中有“大学推后六年上，工作提前十载休”句。

步韵酬杨大猷老师《田园小曲》见示

二十年华半老人，冰融初见小桥春。
方程欲晓闻鸡解，午饭黄昏搦笔吞。
不是曾经天赐苦，岂能容得我翻身。
先生学友相扶处，一曲田园反复吟。

次韵晓廷《居家逸兴》

没齿难忘在老家，哪堪春半满头花。
父亲抱病朝耕地，祖母饥餐夜纺纱。
厚道丢魂忠落魄，横行是蟹跳为虾。

竹溪流水声声咽，欲证当年乱似麻。

次韵世明晓廷《杜甫江阁》

江边杜阁立晨昏，汇入湘流伴楚魂。
漂泊易生家国恨，苦吟难得帝王亲。
千年陋俗何曾改[1]，一寸痴心枉自纯。
唱和几回拿捏久，诸君雅韵焕然新。

注：①杜诗有“致君尧舜上，再使风俗淳”的名句。

次世明《乡间春色》（宽韵）

溪流依旧岸颜新，一片乡心苦老人。
柳色未深莺试舌，桃花虽嫩火烧林。
三杯谷酒聊生意，十里秧歌送好音。
我近归时君且待，故原春景再平分。

大院用世明韵

府衙虎踞大门开，尽绕中堂进后台。
楼影入江人倒立，警车封道吏横来。
新规八项知谁怕，恶棍三更报自裁。
正是花城风雨夜，和诗多愧楚湘才。

次韵张海鸥教授《康园秋兴》[1]

校园风景看中山，古调时装雨雾间。
放下牛衣难豹隐，只钟诗境藐机关。
寒门插柳方成靖，陋巷悬瓢始有颜。
十里珠江初夏夜，花船来往几时班。

注：①张在《中华诗词》2014年第4期发表七律《康园秋兴》康园无处见南山，草木依稀今古间。寒柳堂难兴道义，马岗顶易养机关。心仪陶令无园圃，

性爱清闲乐孔颜。砥柱中流甘寂寞，大贤何必列朝班。

次韵世明《永州行感八记》

永贞遗恨渗蒸湘，子厚情怀八记扬。
云断峰峦山特立，水馋牛马石乖张。
渠潭彻底清难已，兰芷芬芳惜太荒。
造化岂能亏志士，风光相赐慰深长。

次韵酬晓廷世明题《领导到株洲县调研》见示

怪道眉峰八字开，湖湘一韵两章来。
高人有意方临渚，赤子无心已露才。
渌口繁华随处见，株洲乔木几时栽。
可期动议兴财税，擢拔何妨说独裁。

次韵晓廷《人防工程》

一代辛劳百代功，防空洞顶木葱葱。
来回匝道迷魂阵，曲折机关射箭弓。
北国邀盟知利器，东邻丧胆怕骁雄。
居家备战经商处，地下乾坤尽可融。

酬世明七律《到扬州》见示

天下扬州旅未成，乡贤七字夺先声。
桥抓广润空中立，水畅京杭史上横①。
隋帝风情清帝墨，徐郎月夜杜郎名②。
古今富贵温柔地，愧我途穷梦里行。

注：①三、四两句：古时扬州称广陵，镇江称润州；京杭大运河的萌芽是吴王夫差在扬州开凿的邗沟。②唐诗人徐凝有“天下三分明月夜，二分

无奈是扬州”、杜牧有“十年一觉扬州梦，赢得青楼薄幸名”的名句。

偶成

枝繁叶茂岭南秋，眼底云程没尽头。
新月半弧功待满，重阳再闰色仍柔。
虽无雅句酬吟咏，却有闲庭任滞留。
久在花城人不老，晨昏寄兴自悠悠。

步韵和王磊七律

人何孤独路何长，阅罢诗文始觉伤。
种地早尝童子苦，求知已近匹夫狂。
行为不轨成何趣，规矩难忘第几章。
老朽岂知风月事，京臣莫戏务农郎。

用王磊诗中主要元素成诗以复

王家公子上秦楼，偶遇倾城傻醉眸。
酒肆窥春双掩袖，墙根拭泪几经秋。
蛾眉已惹游人瘦，风雨偏侵午夜愁。
昨日黄花明日折，也堪相慰胜封侯。

依韵复王磊

我本潇湘一楚狂，家门面对汨罗江。
田园种下青春梦，岳麓修成白领郎。
不肯低头空度日，勉强弄墨也闻香。
多情却怕红颜累，总是无言独倚窗。

次韵晓廷《诗教工作先进单位迎检有寄》

锋芒不露大才藏，走近欣闻翰墨香。
秉烛凝神孤独夜，求诗倚马两三章。
书生意气心多涩，税吏春秋路太长。
幸有吟怀如韵树，枝头常绿未曾黄。

坡底韵三首

记忆时温少小家，忧愁父祖鬓双华。
校门禁入生书癖，餐碗空端望稻花。
寒宅偶圆长夜梦，伟人重出满天霞。
酸甜俱往无痕迹，一笑居闲细品茶。

二

万千荣贵不如家，相伴终身待鬓华。
重武才高唐断代，开庭帽绿薄贪花。
温存语拨残冬碳，默契心生午夜霞。
苦累无穷人未倦，归来先沏两杯茶。

三

业贵专攻慕大家，岂随轻薄逐浮华。
心中一棵长青树，笔下千年不老花。
夜永渐圆天际月，风高难散岭头霞。
成功路上千般苦，寂寞寻思伴是茶。

南京公祭

铜鼎掀开道义彰，金陵公祭旧时殇。
心随白鸽翔东海，恨化青烟入大荒。
冤骨冢高堪树警，病夫狮醒正图强。
安倍妄语频挑衅，国会从容敬一章。

新年辞·用晓廷韵

厚道人生别有天，清风明月也缠绵。
潜心未觉新年到，入梦何曾俗事牵。
德誉可驰千万里，华章非看两三篇。
红尘滚滚名和利，谨守愚忠叩圣贤。

聆听梁丈鉴江杨丈光治阔论诗词用范义坤君韵

一席幽微夜莫央，春风无限润农桑[①]。
扶人工序心方醉，耀眼银钩意暗伤[②]。
雨露复苏枯萎草，醍醐灌透曲回肠。
归来再探书山路，两丈真言阵阵香。

注：①座中唯我出身农民。②三四两句：梁丈为范义坤诗集作序、题诗并书，令从不谙书法的我倍生羡慕。

读周友庚县长怀念母亲文集《湘水悠悠母子情》

悠悠湘水逝无声，一卷如歌母子情。
懿范可寻桑梓绿，慈恩当续庙堂荣。
生前爱党尊菩萨，死后留钱助学生[①]。
萱草有缘同忌日[②]，平安之夜上仙程。

注：①周母逝世后，家人将其几十年积蓄的零钱设立一支基金，以帮助乡邻经济困难的孩子上学。②我母亲晚周母一年，亦在平安夜逝世。

次韵复湖南师大张丈会恩先生惠题两首

一

咏步蹒跚岂敢沽，二毛虚掩七言余。
乌纱匪气人兼有，青眼鹏程我独无。

秋日登楼空落泪，寒宵刺股苦攻书。
英才自古于斯盛，嘉许来时更愧如。

二

痴人洗砚癖难休，吐属粗蛮性未柔。
任是权钱多富贵，只知文字最风流。
交回印赏心存汉，饿死山林粟姓周。
不与群芳争艳色，墨梅虽淡气长留。

青年歌手姚贝娜病逝

天陨明星贝作尘，世间多少断肠人。
青歌赛上成名曲①，风月场中处女身②。
真劫红颜谁不恨③，也含清泪我非亲。
凝神始觉芳魂远，白雪消时任是春。

注：①姚 2008 年获得第十三届 CCTV 青年歌手电视大奖赛流行唱法金奖，成为青歌赛历史上首位“百分冠军”；②直至逝世，姚仍是单身。③姚演唱电视剧《甄嬛传》主题曲《红颜劫》。

微信聊天次范义坤韵

微信平台士不孤，瞬间天下友群都。
三分点拨重霄月，一席交流十载书。
皓首有心难入世，红尘无技可悬壶。
闲中把弄时毛物，阅尽繁华也觉舒。

乡愁两首用世明韵兼致晓廷

一

溪塘注目上青云，万里驱驰少小心。
双脚踏平天下路，一鞭抽醒梦中人。

黉门望断秋风冷，地主煎熬父子亲。
回首当年磨砺处，乡愁还挂旧时村。

二

晓梦重温忆少年，竹溪流水柳丝牵。
三餐借米饮烟淡，半夜催工冷月闲。
劫难锥心非草木，牢骚满腹困田园。
男儿有志酬家国，十载寒窗待老天。

花月诗呈张会恩教授①

花月风流自有情，花红月白两无声。
芳丛魄影花分艳，夜幕枝头月照明。
花落眼随春色湿，月圆人隔海天行。
花晨月夕心常忆，花月缠绵梦未成。

注：①张教授有花月诗10首。

无题

伟人花甲又重圆，地下长眠应未眠。
不朽文章尘垢厚，非凡成就史书湮。
三分清醒除贪吏，一塌糊涂是晚年。
饥饿斗争何太烈，灵魂忏悔属当然。

首次出版诗集两首

一

俗韵名虚一卷迟，初求平仄忆儿时。
劳其筋骨犹寻句，忍住饥寒也爱诗。
父辈吟哦偷学舌，童侪写读拜为师。
如今付梓心灵曲，拟慰先贤并故知。

二

审罢初篇事未终，诗歌雅境趣无穷。
风光尽在高危处，韵味深藏曲折中。
一语吟成千古句，三年觅得片言功。
余生再探书斋苦，柳暗花明路可通。

与老同事谈姚真勇

花城共事识姚君，久处红尘未染尘。
抱不平时言语勇，怜羸弱者感情真。
忧心殉葬寻新路①，异地登台报早春。
何日重逢杯莫浅，座中应是意中人。

注：①姚当日从民生辞职时曾对我说：不愿为某某陪葬。

烟

非棱非角曲中平，淡淡浓浓慢漫行。
对面不知三尺远，如山更比一毛轻。
依依渡水无舟过，冉冉登楼失级升。
莫说奇闻千古绝，疯狂世道怪才生。

看老人舞蹈比赛电视节目

银屏三尺好风光。 花甲婆爷竞赛忙。
舞出青春真善美，飘扬白发傻痴狂。
童心不老人难老，烦恼皆忘爱未忘。
莫对黄昏生叹息，开怀一曲夜来香。

一线人员说辛酸

春分前夕泪汪汪，诉尽辛酸做市场。

记得头从当日白，更怜身自那时长。
夫妻有爱心犹冷，儿女多情宠却藏。
考核评估惶恐处，花飞片片正离岗。

乡友唐智勇并序

唐乃湖南人。曾因工作将央行行长告上法庭；也曾实名举报单位一把手，使后者获刑七年；当房地产老板，久拖不动，房价大涨才开盘；三十多岁即单身，守到女儿待嫁方再娶。

智勇双全少发声，三湘汉子鬼神惊。
轻挑首长提冤状，检举贪官用实名。
大厦迟推房价起，单身守到女儿成。
茫茫四海尘缘巧，我与同乡共趣鸣。

南昌李赛辉回湘荣晋银监局长

相思难舍复回乡，游子情怀系两江。
赣水浇开陶宅菊，湘波荡断望夫肠。
只朝正义睁青眼，曾抗邪风胜白杨。
收拾行囊方起步，口碑处处见河梁。

听交通警察讲平安驾驶（宽韵）

出入平安胜万金，四轮飞转太惊心。
端杯喝下阎王债，超速冲开地狱门。
膝下孤儿流浪汉，枕边温语再婚人。
劝君切记车行缓，聋哑违章也断魂。

班长

能文能武也风流，生长田园在岳州。

酒不停时人未醉，心还壮日鬓先秋。
倾家大建同胞宅，买地兴修作鬼楼。
自诩精英观念古，超前离任十年休。

大闸蟹

阳澄湖水不曾清，闸蟹无声自有名。
八爪爬蹲腮暗动，双螯紧扣眼圆瞪。
扒开草砾身常隐，吃饱鱼虾肉渐生。
今日佐餐香色绝，何人忘却最横行。

嫦娥羡玉兔

嫦娥初识五星旗，千古谁闻玉兔迷。
烈焰山中寻桂树，广寒宫里觅诗题。
灯光暧昧开妆镜，身影婆娑踏舞蹄。
今日人间多胜事，盼回大地作娇妻。

广州圆大厦落成并序

广州圆大厦设计融入了“圆”的理念，像一枚金色的古钱币或象征吉祥美满的翡翠环耸立江边。

大厦开张万事圆，古钱新貌立江边。
黄金壁垒千家梦，翡翠环牵百岁缘。
俯首照穿清水镜，推窗飘进白云帘。
往来尽叹非凡处，今日花城色更妍。

今日农村（宽韵）

国基自古在乡村，远看秦唐近看民。
一听小平兴变革，皆来都市竞浮沉。
耕耘父老皮包骨，留守儿童貌失魂。
重振三农今日事，中南海里报佳音。

某少将说军事史上没人能比其祖父

笑问将军识几何，战争中外伟人多。
七擒七纵南蛮泪，三进三辞异国歌[1]。
史册无情书暴政，儿孙有恐掩沉疴。
疯狂岁月如昨日，同室操戈似着魔。

注：①华盛顿三进三退，得到全世界的普遍称赞。

台山玉

美人妆饰帝王储，南海观音掌上珠。
剔透总将真性守，沧桑不改杂痕无。
风情误解因颜色，质地坚强是丈夫。
巧匠从来知佛意，雕成大笑几分愚。

六一词

儿童天性是天真，爱恨分明变化频。
一粒稣糖啼换笑，三声软语斗还亲。
瞒羞偶报家庭丑，羡富无嫌父母贫。
不假非贪多善念，追求美好莫成人。

儿童端午两节相连寄语后生

粽香巾艳节双荣，社稷兴关少壮兵。
故郢都边闲屈子，长蛇阵外小罗成。
悬崖险处新栽树，流水清时好濯缨。
今日多言杯在手，几分醒醉嘱年轻。

看电视节目《非诚勿扰》

一刻功夫十步廊，四方佳丽选新郎。
蛾眉顾影娇娇态，脂粉增姿淡淡香。

话避钱财藏德性，衣兜胸肚露春光。
商家博爱牵红线，纵使真诚也受伤。

告别

混账猖狂十几年，是非黑白近疯癫。
开门只认兄和弟，办事唯凭色与权。
滥泄春光生孽子，私通马仔篡遗言。
行为不轨天人怨，滚蛋凄凉岂可怜。

冬夜公园漫笔

岁入隆冬万象荣，九州生气聚花城。
风摇玉树蛮腰舞，蕾振龙钟箭步轻。
马欲闰年人莫老，羊争开泰膝先倾[①]。
岭南不是寻常地，夜色融春物我情。

注：①羊有跪乳之恩。

花絮

秘史新翻十八章，中间点滴费思量。
登台五不成经典，脱帽三躬揖道场。
儿子发财文武助，父亲铺路气油香。
苍蝇老虎同除日，昔日肮脏也曝光。

红卫兵刘伯勤登广告道歉

伯勤隐痛向谁谈，忆起疯狂六月寒。
年少几人知政治，天真何处辨忠奸。
光头右派身肢绑，跪地先生血泪弹。
造反造成无限悔，公开道歉稍心安。

临武城管秤砣打死小贩

人间何处可安身，烈日炎炎叫卖勤。
红汁西瓜商贩梦，黑心城管秤砣军。
郴州六月霜飞早，湘水千秋泪祭浑。
仅是冰山横一角，三更谁与哭斯民。

风水师王林

王林弄鬼并装神，风水师爷卦象真。
石作靠山迷内阁，蛇逃俗眼戏昏君。
谎言累牍生邪说，信仰危机近艺人。
欲使荒唐尘世净，公堂喉舌莫欺民。

传王菲离婚后疑似出家

乐坛天后影坛星，模范夫妻伴侣伶。
二度梅开沙漠梦，八年缘渡水浮萍。
冤家有佛人无恨，心病多情药不灵。
莫问前程何处去，一声珍重寺灯青。

继沪后鄂高院法官嫖娼视频又曝光

准绳松紧法官牵，律肃公堂序井然。
庭长偷香明镜下，视频醒目众人前。
纷纷落叶飘残照，点点寒鸦入晚烟。
抓铁有痕谁寄语，狂徒反复戏斯言。

张成泽被执行死刑

风云人物是皇亲，生死由来应有因。
悔给虎儿添劲翼，磨成刀刃斩功臣。
江山寂寞登高位，血泪斑斓效暴秦。

四漏崩堤谁指日，百般防范作西邻。

东莞“太子辉”并序

太子酒店老板梁耀辉，人称“太子辉”。当年靠经营色情发廊起家，后勾结上“大老虎”，进入石油行业，走私汽车，开办黄色酒店，岁入10亿，不仅挤身胡润富豪榜，还两次当上全国“人大代表”。近因扫黄被刑拘。

从商从政虎生威，京粤通途借力谁。
大会堂中胡代表，富豪榜上紧追随。
发廊戏演巫山梦，酒店春迷太子妃。
试问梁君何幸甚，高人体制两丰碑。

某地新娘身挂70个金手镯

新娘满腹挂黄金，喜酒芳心醉自沉。
三十多年穷变革，万千奢念遍侵淫。
洞房尽做生财梦，琴瑟难闻悦己音。
嫁娶文明何处觅，斯时斯地叹深深。

老布什跳伞庆90寿辰

寿比南山势压云，天兵总统又平民①。
初弹二战尝孤胆，再跳三生庆九旬②。
血染中东方认子，楼倾纽约始惊魂。
良辰俯首何为憾，政敌讥言恐怖军。

注：①天兵：老布什年轻时是美国空军飞行员。②其首次跳伞是二战时驾机被日军击中，跳伞逃生。

薄熙来被判无期

薄是家传厚是蒙，天良丧尽万般空。
专权智逊谦王莽，聚物贪攀富范公。

庭上戏称官帽绿，梦中痴说舞台红。
高墙深处余生苦，悔断衷肠见乃翁。

读《党政机关厉行节约反对浪费条例》三首

一

人心惬意在当官，戴上华冠事不难。
俸禄虽微家自富，钱财未损物常攒。
车行万里谁交费，酒醉三更国买单。
罪恶源头无制度，良心深处问何安。

二

条例无情细则明，官场闻讯已魂惊。
怀中断奶儿方健，釜底抽薪沸乃平。
剑影刀光推德政，民心史册载功名。
公文阅罢东方白，缓缓霞光静静迎。

三

睡狮才醒立东方，天鼓长风海劲扬。
千古未将官约束，一章可治吏猖狂。
春和脏腑生机动，露润心灵好梦香。
放眼江山添自信，神州指日再辉煌。

曼德拉逝世

囚徒总统世人夸，国际南非落日斜。
关押放飞民族梦，隔离催艳帝王花①。
位高绝顶人辞职，奖颂和平脖戴枷。
笑向泉台瞑目去，丰功黑白两琵琶。

注：①南非国花是帝王花。

法定 9 月 13 日为南京大屠杀国家公祭日

日寇横行记得无，石头城上血模糊。
同胞白骨何曾朽，大辱斯民不可迂。
咬断牙根情切切，祭成法典热乎乎。
东洋鬼子魂飞散，岂敢抬头看“病夫”。

缅怀胡耀邦逝世 24 周年

酷吏难容厚道公，落花飞泪为君穷。
生前忍辱重帘内，死后流芳众口中。
真理已撑腰杆直，乌纱不辱党旗红。
谁怜二十多年冷，只有青山未改衷。

胡耀邦逝世 25 周年（宽韵）

斯人已远忆犹新，百姓无时不惜君。
气染祠堂春色好，骚吟湘浦楚云深。
公私有纪难为敌，老少殊途可问心。
二十五年期待苦，公平何日慰忠魂。

7 月 29 日看新闻联播

闻爆惊雷震虎山，虎兄虎弟虎爷寒。
景阳岭上三杯烈，聚义途中百姓安。
险处谁能留足迹，高名自可刻人寰。
餐余出户观天色，云淡星稀月影弯。

周永康倒台

测字更名盼永康，风光何限坐中央。
权轻御殿钱迷眼，色动干戈子哭娘。
天路有缘通富贵，祖恩无荫落灾殃。

荣时莫效居山虎，猎手枪前叹下场。

亚太盛会两首

一

曾几何时冠病夫，今朝亚太可称孤。
美洲马到寻宵草，北极熊来觅豹颅。
南海浮桥丝路畅，东瀛俯首满盘输。
中装扮靓京城夜，十里长安傲古都。

二

燕赵初冬淡淡凉，风云领袖着中装。
雁栖湖畔高朋满，水立方前焰火狂。
马路交锋眉倒竖，瀛台论剑道绵长。
联通亚太乾坤定，梦想花开万里香。

氢弹之父于敏获大奖

爱国情怀贯一生，隐身成就核功名。
除非真理难低首，没有淫威可夺贞。
万里流星惊爆炸，三更湿枕惜和平。
登台领奖栖迟久，注目君臣胜有声。

无题

宰相情怀上帝知，万千思虑每吟诗。
公平忍拭贫寒泪，正义能鞭腐朽尸。
孤雁秋风嘶半夜，九天新月欲圆时。
斯人渐退功难灭，民主花苞已立枝。

网络反腐

网络空间处处春，可怜权贵暗惊魂。

招来祸害收金表，抖出风情是美人。
瞬息声名污万里，简单文笔破千军。
于今海内谁安枕，色吏贪官恐惧频。

戒空谈

新君力主戒空谈，想不空谈总是难。
理论红旗三代表，特殊科学两华冠。
藩篱院落虚防虎，夜幕寒流易触滩[①]。
实干兴邦今日事，奈何天下路漫漫。

注：①五六句中虎谐腐、滩谐贪。藩篱者，制度不完善也；夜幕者，暗箱操作也。总书记说要突破利益的藩篱，要敢涉险滩。

“照镜子正衣冠洗洗澡治治病”三首（宽韵）

一

头顶乌云脚踏尘，休将苦难问时人。
房钱菜价麻烦涨，股市薪资士气沉。
有事只登亲友道，无官不爱雪花银。
谁怜血汗斑斑税，养了贪徒不建勋。

二

风卷乌云雨洗尘，春雷虽晚也惊人。
亲民德政朝阳起，霸道王侯落日沉。
整理衣冠需对镜，清除污垢不花银。
生灵始有三生幸，扭转乾坤忆仲勋。

三

闻风已净眼前尘，怕响楼梯未见人。
鹦鹉善言前景好，瀛州太远信心沉。
天成壮士难全腕，政托良臣不认银。

时岂再来机岂待，一朝功课百年勋。

读北齐史

六帝荒淫叹北齐，匆忙二十八年期。
皇妃可侍君臣枕，公主沦为父子妻。
宠信权奸朝隐祸，诛除虎将自降旗。
官民得报周师到，半启城门半在啼。

期待三中全会

百年强大待三中，回首三中几度雄。
悟醒迷津悬夜月，凋零落叶起秋风。
街亭逼出空城计，蝮毒催生断腕工。
背水鏖兵无退路，江湖情怯莫雷同。

民主生活会两首

一

官场默契说批评，优点如山缺点轻。
酒绿灯红哥俩好，功成名就事双赢。
杞人恐惧乾坤倒，痴汉担忧社稷倾。
天下悠悠君莫怕，财生和气古今情。

二

党内批评已动真，单刀直入必伤神。
层层剥去包装物，缓缓敲开利害门。
湿透乌纱流冷汗，圆睁白眼晒灵魂。
是非丑恶分明见，公仆从今做好人。

感恩节

风尘回首感恩多，世味初尝意志磨。

失学方知勤历练，无机始懂莫蹉跎[1]。
非经拨弄难生火，未受煎熬不是婆。
今日再酬诗友韵，心中隐约暂为歌。

注：①唐司空图《陈疾》云：世路无机奈尔何。

烈女张志新

国有忠魂叹志新，凌迟无悔见精神。
强奸病体贞犹烈，割断喉咙骂不闻。
生死两由唯取义，是非独立敢成仁。
千秋未见荒唐事，史册分明浸泪痕。

媒体调查中国人2013年感受：累

春夏秋冬一瞬过，年终休问岁如何。
张罗旦夕诚难已，检点身心累最多。
十里街头人顾盼，三更灯下泪婆娑。
归来或许乡邻聚，鼓起精神对酒歌。

马年将至中央布置猛药重拳治腐

卅年变革腐贪多，贫富悬殊问奈何。
蜀相有谋施重典，秦医无药去沉疴。
踏平世道驹将到，指向官场剑正磨。
莫对寒潮生叹息，春风不日过黄河。

半夜雷雨

夜空撕亮几轰鸣，料得深山虎也惊。
暴雨欲摧三峡坝，狂风已过四川城。
今宵早解田园乐，明日春晴草木荣。
白发逢时非谓晚，挑灯觅句趁心情。

读胡星斗教授文章《中国的特权制度》

金钱地位属何人，星斗文章八字论。
和尚佛光归处长，优伶腔调出将军。
功名覆盖儿孙业，富贵张扬父祖恩。
寒第书生庄稼汉，忍抛酸泪向黄昏。

读财经杂志文章《谁的鲁能》

阅罢财经叹鲁能，蛛丝马迹剥层层。
良民散股无声血，黑幕赢家大户曾。
央企运筹精算计，庙堂回报速高升。
红尘尽演为奸戏，改革为名暗倒腾。

悟语

阅尽沧桑物理同，是非黑白与西东。
金戈铁马三更梦，柳叶桃花二月风。
屹立峰崖松劲拔，剖开肝胆血鲜红。
儒腰不可寻常折，却向忠良再鞠躬。

世风叹

释道儒同铸国魂，文明今日几分存。
财神掩护鹏程路，色鬼敲开虎帐门。
街巷小三升二奶，凤池高祖翼曾孙。
吾谁共拭伤心泪，习李王朝正细论。

依韵复晓廷《赠友人》兼致世明

朝耕夜读掩柴门，未可低头失自尊。
丧尽天良人作恶，甘当地主我存仁。
竹溪激荡桃源梦，楚泽行吟屈子魂[①]。

回首向来风雨路，万千磨难仰昆仑。

注：①三、四两句：老家小地名为竹溪塘，在洞庭湖畔。

早春

岭南休道四时荣，细察春来物候更。
蕊裂枝头新燕啄，云封霞日早雷轰。
踏青激活雄心梦，吐艳燃烧报国情。
谁解诗人沉醉趣，声声吟唱动花城。

迎羊年春节

检点时光又一年，染青双鬓立春天。
金钱桔挂家家梦，蝴蝶兰开处处缘。
酒好千杯诗亦醉，心宁万事我非先。
马蹄渐远羊蹄近，如此情怀岂变迁。

次韵陈东彩《羊春感怀》

烦难沉淀乐难迁，柳绿桃红又一年。
雨夜窗前怜鹤瘦，春风路上让人先。
清心去欲方无欲，得道参禅始近禅。
马踏浮名羊跪乳，粗茶淡饭也神仙。

春节致家乡诗友

万里春风拜大年，湘情粤俗亦开颜。
心中不隔云程近，份外无求日子甜。
名利非醪谁醉也，诗词虽古我陶然。
羊来马去何为盼，天下苍生梦尽圆。

观湖南卫视宣传片《洞庭云梦 境在湘阴》

湘阴今古几分骄，文武英才物产饶。
左氏将军周式道，南泉寺庙岳州窑。
龙湖蟹饮湘妃泪，楚泽鱼传屈子骚。
云梦砌成乡梦夜，心花犹带洞庭娇。

次晓廷《早春随感》

拂面春风暖湿微，又将新绿动心扉。
闲愁下酒无名醉，好梦撩人迈步追。
整理青袍陪末座，修齐白发待晨晖。
前途纵有千般曲，莫对知音道子规。

读张会恩教授夫人张雪明女史病中七古

雪漫江城甲子春[①]，明眸愁杀病中人。
女郎笔墨才轻曌，史册风光德压甄。
福入香庐情不晚[②]，病逢医圣命重新。
平常小恙虚惊后，安定心神七古陈。

注：①女史患病正年届花甲岁入新春之际。②张教授住宅名“晚香楼”，女史近50岁才与张教授结为连理。

元宵夜话用刘安定韵

果如期待现真龙，两会元宵此话同。
国库鼠多天愤怒，雷霆声大虎忪蒙。
方圆月隔重重雾，久静心通淡淡虹。
料得明朝红艳处，枝头应已借东风。

广州诗社成立 32 年迎春茶话会

诗社真堪岁月磨，迎春而立影婆娑。
生成变革图强态，唱响凝神聚气歌。
万简不容偏好改，三无虽往白头多[①]。
凭栏莫问传承事，芳草斜阳断续坡。

注：①三无即诗社无编制，无经费，无办公地。这三个问题已基本解决。

用思尘洪育斌韵致群内诸诗友

砥砺书山韵律磨，此间人物灿然多。
如分最殿难为我，误说妍媸谬比魔。
意境题材灵感曲，心声格调性情歌。
吟成歪句常生叹，不善银钩又惜鹅。

闻徐才厚死

京城忽报了奸臣，籍在辽东事系军。
虎帐谈兵轻董卓，头衔要价笑和珅。
高墙绝症人初醒，教父深情势已沦。
三月春雷传两会，问谁闻讯也惊魂。

初访合肥

访皖方舒仰皖情，古今佳话探分明。
周郎帐下东风起，包拯堂前吏道清。
淮右势雄夷虎地[①]，江南娃瘦合肥城。
神州变革充饥策，万里良谋首发声。

注：①合肥古称夷虎。

访李鸿章故居

旧宅重开史迹呈，是非真伪不分明。
成功制造兴洋务，领命驱驰碎太平。
误国条文亲笔押，强军舰艇逐波倾。
临终一滴孤臣泪，落日秋风未了情。

注：李逝世前口述七律，径联云》：秋风宝剑孤臣泪，落日旌旗大将坛。

乘高铁自粤返湘感怀

借得东风铁骑轻，驱驰山水逆相迎。
方惊百越逍魂绿，又赚三湘满眼青。
物我同酣春日梦，时空已换老夫情。
当年瘦瘠荒凉地，却见宏图锦绣成。

清明祭母

百日新坟土未凝，平安夜恸又清明。
山花怒放怜儿梦，溪柳低垂祭母情。
苦渗贤名碑众口，魂归上界剩空庭。
冈前一滴思亲泪，养待相违恨自生。

游广州帽峰山

百丈山头曰帽峰，闲游落帽是东风。
前青直到天无缝，后碧连通海未穷。
探壑浮云沉又起，悬崖劲柏挺还弓。
花繁树下从容立，戏语谁言鹤顶红。

读黄仲则《两当轩集》

十载江湖落魄行，周遭白眼瘦风声[①]。

柴门别母输无子②，采石题诗枉得名③。
鲁直神遗骚嫡裔，乾隆性妒罪书生。
中条归骨文星坠④，掩卷因何泪已倾。

注：①黄诗《杂感》云：十有九人堪白眼，百无一用是书生。《都门秋思》云：全家都在风声里，九月寒衣未剪裁。②《别母》云：惨惨柴门风雪夜，此时有子不如无。③黄在采石矶太白楼即席吟《笥河先生偕宴太白楼醉中作歌》，诗惊四座，诗名始振。④黄在安邑旅途中病逝，临终时交待死后葬中条山 。

拟退休后旅游计划用王连生登山韵

繁华渐褪意难休，罢却功名作漫游。
塞外黄沙鞭瘦马，江心白浪泛扁舟。
三更梦逐风云醒，万里人随日月浮。
屈指明年初夏后，挂冠方可不淹留。

王连生原玉：登圭峰山用上巳分韵所得浮字：古刹听钟百虑休，林泉散发复清游。山如胜友来迎客，湖起微澜好泛舟。飞瀑遥从天外落，闲云任向岭前浮。几丛荆棘斜阳里，何事牵衣更挽留。

南昆山下别墅

金碧三层广宇开，高山飞瀑对瑶阶。
楼梯曲上龙抬首，屋角斜挑虎坐台。
壁顶辉煌悬日月，院庭苍翠立松槐。
何人得享皇天福，自是红尘发大财。

股市遭受重挫

股指撩人节节红，砸锅卖铁万家同。
昨宵不解雷何疾，今日方知梦已空。
资本市场环保甚，婆爷队伍哭嘶隆。
传媒说尽千般好，养老钱丢泡影中。

刚加入全球汉诗总会即获邀赴汕头出席国际诗词研讨会致陈图渊会长两首

阅遍全球爱汉诗，痴缘初结少年时。
饥肠择食餐平仄，苦泪穿心托韵辞。
入会尚期前路远，收函犹怯此程迟。
湘尘拂去湘情在，楚泽同悲或已知。

归侨情愫植天涯，风疾根深劲且华。
大任斯时儒学究①，三新一忌汉诗家②。
途穷欲揖韩江柳，春尽犹惊老树花③。
盛会呼来潮汕地，枯枝沐浴发新芽。

注：①陈图渊先生于2008年在南京第八届国际诗词研讨会上发言称：当此盛世，全球诗教同仁，身肩大任，当为诗教立心，为生民立命，为往圣继绝学，为国华颂太平。②陈2014年在怀化诗词研讨会上指：诗词要提倡“三新一忌”，即新立意，新意境，新语词，忌泥古。③三四两句：陈先生笔名韩江柳，在《韩江柳文集二》中，有一篇以明诗人顾炎武名句“老树春深更著花”为题的著名文章。

邀诗友饮分韵得风字并序

昨夜邀范义坤、侯立兵、陈楚明、陈东彩（晓梦）、祁丽岩(弄影)饮于金华安大酒店。楚明君诗书画兼善,书尤工。丽岩女士诗词文皆秀，词更丽。分“千古风流人物”为韵，拈得风字。

骚坛久仰大家风，相约华安叹不穷。
影度黄花人未瘦，神偷袒腹字弥工。
范君晓梦为谁醉，侯博乡愁与我同。
分韵诸贤诗尽妙，吟迟还愧此番东。

应珠江月诗社擂台赛次七律韵

擂台高处险谁知，搔首难为七字诗。
试笔未能随意尽，读书已晚叹吾痴。
奇言妙趣求真谛，牙慧余香属过时。
今夜虽从群友唤，不曾如愿更延迟。

抗战胜利 70 周年祭

醒狮轻抚古稀伤，倭寇横行记忆详。
切断婴喉啼舌哑，剖开孕妇刺刀狂。
屠城白骨堆成恨，谢罪降书夹尾狼。
好战皇军谋解禁，东瀛伎俩警邻邦。

次韵范义坤《乙未生日感怀》

象本寻常性自殊，乡音难改洞庭湖 .
门前柳茂轻彭泽，笔下愁孤笑鹧鸪。
醒世文章温我梦，成功事业照邻隅。
心存淡泊人存厚，明月清风总不枯。

次韵张会恩教授《江轮救援》

百丈邪风卷地旋，长江游子报长眠。
龙潭出路三更断，梦魇惊魂四海援。
莫道古今民最贱，且听生死命重权[①]。
多情总理伤心泪，风雨船头吊楚天。

注：①李克强总理在救援现场说：生命大于天！

读《史记·秦始皇本纪》

功过分明道始皇，沙丘咸鲍也凄凉。
江山度量同文字，毁卷坑儒造殿堂。
采药人亡仙路杳，封禅礼敬泰松彰。
深宫出入随身吏，鹿马相摧大小郎。

读《史记·项羽本纪》

泪别虞姬惜霸王，拔山盖世史无双。
新安自断秦关路，巨鹿空沉楚将舱。
宴冷鸿门成竖子，兵围垓下刎乌江。
灯前掩卷心酸处，亚父归途羡子房。

端午情

千年民俗重端阳，谁解缘何粽子香。
忠信不随疑谤改，浊清非为醉醒忘。
几回泽畔行吟苦，一样心头爱恨狂。
迟暮美人空叹息，良辰无悔是衷肠。

父亲节追思

感德衔恩孝在先，愚儿思念梦难圆。
魂随白雪销残夜，骨冷青山近八年。

忍辱偷生当地主，奢谈到老议人权。
红尘万象更新渐，雁字无缘到九泉。

广州夏至起台风次了凡徐拥军韵

一阴生处问何如，海畔风高雨骤疏。
妻子持家关电扇，蛙声得意访茅庐。
闲来酒盏宜常聚，老去诗文尚未虚。
昼短宵长今日始，工余养性好攻书。

群友叠韵多咏及司马相如无端有感再用前韵

谁对相如叹弗如，千秋情笔两非疏。
挑琴更赚回文泪，卖赋重兴抱怨庐。
世上名高仍寂寞，心中梦好也空虚。
微群叠韵多高见，胜读平常十载书。

生日

姻亲三五庆生辰，花甲重来过首轮。
好梦未随霜鬓改，豪情犹笑夕阳沉。
尘封世道从容客，韵种心田不老春。
杯酒又添平仄兴，忘怀哼唱一痴人。

汪良忠博士导师杨公仆教授90初度

寿拜恩师耋耄年，花城弟子愧居前。
拳头闯祸湘中汉，德望消灾沪上贤①。
强国智谋穷国富，育人经典后人传。
皆知踏遍天涯路，桃李无言色自鲜。

注：①三四两句：汪是湖南新化人，自幼习武，好打不平，研读期间多次打斗闯祸，恩师屡屡为其解困。

文联主席熊艾春网上晒诗获差评怒砸社区网站

普天皆骂耒文联，霸道荒唐蠢可怜。
不雅诗歌难滤网，含冤电脑惨挨拳。
神经病作圆场托，体制人多见笑篇。
岂止艾春当服药，满城权贵问谁贤。

悼万里

天将大任降斯人，水火神州万里春。
包产杀开生死路，弹冠轻掷去留身。
儿孙守约商无近，朝野争锋事不闻。
谢幕隐形何所乐，桥牌怡夕网球晨。

在花城南塔“茶与诗”茶叙席上题赠油茶花诗社诸君

一杯茶好动诗情，喝罢津从脏腑生。
汁润心花初伏俏，题探笔友七言惊。
天门陆圣经谁悟①，道观刘郎韵我倾②。
难得共攀南塔顶，高朋风雅尽新声。

注：①陆羽是天门人，所著茶经成为世界第一部研究茶叶的专著，被后世称为茶圣。②唐诗人刘禹锡先后有游玄都观诗两首。

重到哈尔滨

再到冰城尚未冰，盘餐新识北方朋。
时蔬嫩绿清汤炖，面食粗黄怒火蒸。
味感盐多情并重，怀虚杯大酒频增。
太阳岛畔传奇地，内外投资景象兴。

次韵马凯诗词学会换届诗

唱和多姿愧我迟，中南海发报春枝。
骚坛出彩高情待，韵脚扬尘老将驰。
花好月圆常有梦，狂欢暴怒易成诗。
吟怀自此题材广，换届欣逢打虎时。

网传马凯为诗词学会换届原玉：大地春回盼未迟，唐松宋柏又新枝。随心日月弦中起，信手风云笔下驰。骚客曾忧无续曲，吟坛应幸有雄诗。山花烂漫人开眼，更待惊天泣雨时。

参观哈尔滨虎园

千亩园林曲径通，大虫六百蓄其中。
狂牙血取牛头骨，利爪皮撕马项宗①。
午睡养神犹夹尾，夜游觅食尚弯躬。
归来忍笑新闻趣，报道方抓郭伯雄。

注：①参观前先看录像，为了培养老虎的生猛野性，公园会经常在虎圈内放入一些动物如牛、马、鸡等。那种血腥场面令人胆寒。

游棉花堡

古堡山头玉砌桥，万人游驾白云飘。
棉穿烈火烧难着，雪就骄阳烤不消。
滑地流泉移怯步，梯田种刺上重霄。
神奇暂惑东方客，归去樽前再醉聊。

注：土尔其棉花堡遗址地质十分奇特，整座山头如云浮玉砌，雪涌棉堆；梯田碎石如刺，曲道流水苔滑。古堡虽废，游 人如织。但规定游人只能赤足步行其间，险状时出。

游地中海途中观游泳浪际鸥鸿岸边瀑布壮观无限感动吟怀粗成斯韵

起伏琉璃大舞台，动摇旋转一帆开。
地中海向天边去，船上人从浪底来。
击水银鸥追日没，掀涛瀑柱倚云栽。
蓬莱或许前方见，似梦斯游甚壮哉！

天津蒙灾次岩石劲松韵

夜半塘沽灭顶灾，苍天草木也同哀。
成灰铁石烧何烈，报国官兵死壮怀。
法肃职场无稍怠，政通人祸不重来。
秋风万里驱欧亚[①]，嗅到腥糊更痛哉。

注：①时在土尔其。

清晨在格莱梅乘热气球观赏奇特地貌

火红囊肿气球轻，缓缓飘升壮且惊。
欲摘星辰同日上，待穷山水顺风行。
峰头尽秃僧群立，洞口高开雁阵鸣。
地质奇观何日始，桑田沧海问无声。

注：格莱梅是著名的地质公园，形成于 7000 年前的火山爆发。山头光秃，山腰洞穴众多，部分洞穴曾有人类居住。

参观伊斯坦布尔蓝色清寺

违章六柱寺名闻[①]，景仰如潮十万人。
肤色不同崇拜一，灵魂难净诉求纷。
忠于戒律清真欲，系好头巾寂寞春。
应羡东方归去者，时装酒肉自由身。

注：①清真寺六柱代表伊斯兰教的六个信仰，按教义规定，只有麦加的清真寺才能建六根尖柱。但蓝色清真寺的设计者因误听，也设计成六根尖柱，由此使寺特别著名。

次韵岩石劲松《无题》

防川无计固长堤，捉鬼犹难识画皮。
枕畔涛声中外异①，庭前月色古今稀②。
勾心斗角人何累，弄假成真事不奇。
唱和互通乡友趣，补天未可仅题诗。

注：①方从国外归来。②雾霾多。岩石劲松原玉：秋来暑气下沙堤，煮酒何须用笠皮。一枕思潮频起伏，半窗云梦忽依稀。晨风软软难言好，夜雨滔滔莫道奇。懊恼庭前花谢早，无来景致哪来诗。

贺弟得双胞胎孙名先锋后帅

贤弟金秋喜抱孙，双胞胎降耀柴门。
先锋帐下三千将，后帅胸中百万军。
御辔犹徐君识柳，东风敢借象成春。
英才有赖精心育，好梦真时倍慰人。

次韵岩石劲松《同事分流路上》

匆忙揖别奔前程，雨湿红尘盼放晴。
水淡一坛王薛谊，潭深千尺李汪情。
难言我路条条顺，却记君诗句句铿。
暂信苍天开慧眼，忠良绝处可逢生。

岩石劲松原玉：曾经共渡又分程，雁掠秋高放好晴。百世人生松竹友，十年风雨弟兄情。挥毫泼墨新诗劲，策马扬鞭老骥铿。折柳时分心却重，日长牵念并葳生。

次韵岩石劲松《七夕致孤独女人》

万水千山并不难，暑秋心冷似清闲。
相思最是无情物，独处偏过乞巧摊。
羿侣多姿应变老，天河蓄泪也流干。
来生再讨山盟债，七夕添衣阵阵寒。

秋情

风光初现忆长沙，半苦营生半苦家。
异梦不堪移玉枕，折腰未忍走天涯。
追求事业心犹累，羡慕功名鬓已华。
且待明朝秋色好，诗歌增艳满空霞。

纪念抗战胜利 70 周年北京阅兵两首

一

一纸降书七十年，侵华倭寇罪昭然。
刀屠瘦骨伤难愈，恨入基因怒可燃。
钓岛宝多常引盗，蘑菇云散又生烟。
京城抗战观摩日，安倍无颜到阵前。

二

京城盛会万邦朝，阅尽三军士气骄。
飞豹怒呼天地小，东风藐视海空遥。
降妖利器和平梦，卫国雄师友好雕。
抗战精神凝固紧，疯狂安倍也心焦。

奉汪良忠博士拟"嫒"字韵题天华晚会派对名嫒

幸会天华夺目嫒，风光无限下凡仙。
蛮腰漫舞回春柳，笑靥徐开出水莲。
难得月勾身外魄，任由情结梦中缘。
今宵派对人离去，谁放心花近失眠。

七古·回长沙次韵肖柏跃《题晚年习书》

愚顽亦想习书法，握笔僵如左手划。
风流只羡右军毫，意气凝成撇与捺。
黄昏漠漠到长沙，满目霓虹续晚霞。
莫怨寒云掩新月，银钩不耀俗人家。

到北大接受短期培训

京城枫叶拨秋风，北大情思尚不空。
培训点燃将失梦，栖迟挺拔近枯躬。
未名湖畔星光灿，议会堂前道路通。
驻足精英求索处，依稀可见曙霞红。

阅兵后过天安门

阅兵方罢我来巡，热血腾如少壮人。
利器收藏尘染味，雄师踏过石留痕。
伤心岁月浮云暗，饮恨河山烈火殷。
寸土如金坚守固，东洋休遣旧仇新。

全球汉诗总会诗友聚广州天河大厦

头颅时序两重秋，世事从来不自由。
可让红尘通达路，难撑苦旅逆行舟。
蜃楼隐隐生奢望，芳草萋萋忆旧游。

莫对萧疏流热泪，穷途改用汉诗酬。

贺全球汉诗总会澳洲分会成立

骚坛新艳澳洲开，大汉奇葩再剪裁。
平仄押通西域语，颈颔联取外文材。
吟迷袋鼠奔丝路，响绿沙疆扩舞台。
总会繁荣分会起，花城七字半须猜。

秋分至诗友

域中秋色尽平分，半予河山半予人。
暑溽已残寒渐近，蝉声皆噤桂还闻。
南飞雁阵归心急，北转魄杓老我勤。
明月不知游子恨，总将圆缺照浮云。

中秋夜与亲友赏月

一轮圆满一轮秋，夜半心花放未收。
诗意渐明人兴奋，笔锋轻抹墨风流。
情分月饼同尝蜜，谊入茅台不上头。
北望湖湘千里外，关门犹怕动乡愁。

中秋次日夜会诗人熊东遨祁丽岩侯立兵杨芙蓉道人汪良忠于天河大厦

三五冰轮十六圆，今宵儒道已空前。
诗源大雅存清淡，剑走偏锋出蜿蜒。
拈韵仄平崇李杜，分丹内外近神仙。
天河暗渡秋风夜，两教同舟奏一弦。

游南京

访古休闲到秣陵，六朝陈迹觅曾经。
秦淮十里多情岸，风月千年不夜城。
敲碎石头春泪在，断流江水铁船横。
楼台百丈红旗展，政客双囚恨自生。

谒中山陵

人如潮涌柏如烟，肃立中华国父前。
踏上灵台怜主义，擦干杞泪讼遗篇。
死生尽列三民后，真假难分两岸间。
几滴黄昏秋雨急，却无归意续流连。

应汪良忠雅属和九曲黄河《悼石屏》用其首句韵

资流梅岭起悲风，露冷灵堂哭已空。
贵贱显殊情不弃，佛儒深论道相同。
光源塔顶烟霞北，声断龙湾鹤影东。
千里奔丧酬万一，忘年人去念无穷。
注：北塔、龙湾都是原诗注解中的概念。

秋访扬州

胜地迟来意欲何，烟花空许影婆娑。
扬州十日西湖瘦，淮左千年月色多。
考古幸邻尧故里，申遗难顾史沉疴。
高楼掩映霓虹夜，塔顶秋风似剑磨。

依韵复汪良忠博士

拣枝曾想立梧桐，共赴长安路半通。
雁塔题名虽是梦，羊城创业已酬宫。

拿来笔墨讥无赖，攥紧拳头揍不公。
天下最真兄弟谊，重逢未许酒杯空。

寒露

归雁声寒一字斜，痴人未肯晓衣加。
枫因露冷方丹叶，麦到霜浓始吐芽。
美酒浇诗偷月色，雄心入梦小天涯。
北风拨动松梅气，整理闲情待雪花。

访太原

访古怜今赴太原，文明史近五千年。
晋阳旗鼓唐风劲，汾水春秋塞草妍。
挖断煤层山路陷，关停炉火塔楼眠。
窗前柳影伤心色，捉吏声声到耳边。

未名湖归来次韵肖秀红《湖畔秋韵》

湖畔依稀落日光，未名走近叹书香。
凌云塔影遮新月，卷叶枝头就晚妆。
赤子奢谈千百次，愁诗空有两三章。
归来忽忆儿时事，罢却风车已断肠。

参观山西博物馆

斗鼎翚飞一馆雄，古今三晋立苍穹。
夏商踪迹青铜铸，侯马盟书战国通。
离乱催生唐盛世，祭娱翻唱曲新风。
明清拓就粮盐道，万里繁荣票号功。

白云诗会时正立冬

冬枝穿透晓云青，一扫残秋老气横。
草就诗笺怜瘦骨，敞开心事动真情。
红尘路上行囊重，白发丛中梦幻宁。
知被席间风雅促，十分春色在前程。

攸县—武当采风诗会六首

一

湘土膏腴细细耕，天成极品夺时名。
华堂便腹经年瘦，冷凳浑眸数月清。
榨取精微强道骨，纯谋根本就风情。
茶山十里丰收景，油讯欢呼渌水行。

注：茶油被誉为“长寿油”，能调节血脂，降低胆固醇，对心脑血管病、高血压、糖尿病（导致视力衰退）都有疗效，兼有抗衰老作用。

二

冬风欲雪结盟吟，赏尽茶花万亩林。
俏立东邻幺女鬓，香苏古庙老僧心。
骚人击掌鸿方落，渌水流芳月亦沉。
今夜诸君才并茂，诗词歌舞画书琴。

三

千里驱驰赴武当，诗情初为道情狂。
巫山起伏藏云梦，汉水迂回避楚王。
两侧人多田尽瘦，一方冬嫩叶深黄。
轻车已过隆中处，笑我无为拜老庄。

四

扑面冬回上武当，诗人访道步铿锵。
峰峦肃叩玄微剑，月魄缠绵太极郎。

饮露调丹曾万岁，脱靴磨墨已三章。
楚天览胜风云会，濯足弹尘拜老庄。

注：月魄是道教语，以日为阳，称日魂，以月为阴，称月魄。活动期间有太极拳、玄微剑表演项目。

五

骚人久仰武当名，月白风清沐道情。
一滴茶油苏八卦，几章声韵足三生。
诗囊气义歌无畏，剑指奸邪抱不平。
眼底玄微云散处，小阳春色已分明。

六

九重天上聚阴阳，石级如墙险百尝。
金顶柱前君迈峻，紫霄宫外我苍茫。
无为竹木悬崖老，太极风云峡谷狂。
四海诗人留足迹，武当神韵几华章。

胡耀邦百年诞辰

拍遍栏杆正义迟，还原清白九泉知。
忠奸未辨同台日，善恶分明做鬼时。
一曲离骚湘浦泪，百年冥诞颂篇诗。
冬风漫卷城头雪，始见横斜怒放枝。

词

捣练子

天已暮，北风寒，雁字横时反复看。
湘水浪凶湘雨急，江边钓友尽平安。

调笑令

城市，城市，隔壁谁知姓氏。相逢一笑年年，关门各自洞天。天洞，天洞，半夜鼾声互动。

乌夜啼

规模一夜流沙，似坛花。只觉前行无力退轻槎。
凝聚力，谁相惜，乱如麻。但愿从兹清醒不浮夸。

乌夜啼

奢求正义公平，悄无声。总是裆连警匪罪难刑。
贪腐盛，人心醒，鬼神惊。开启天窗笼子锁苍蝇。

相见欢

新来不解风情，石头城。多少秦淮旧事入歌声。
商女醉，醒时泪，诉还惊。夜夜灯红酒绿误今生。

相见欢·股市瞬间大涨跌

瞬间股市翻红，急冲冲。岂料来如海啸去如风。
银屏绿，砒霜毒，尽哀鸿。谁是今朝作恶罪魁凶。

相见欢

归来已是新秋，雨难收。窗外暮云低渡晚风飕。
人不语，何所许，几分愁。放下重重心事一杯酬。

如梦令三首

一

记得年方十六，梦想当兵自救。体检报名时，说我家庭太臭。快走、快走，苦泪青衫湿透。

二

号令一声罢课，军队疯狂支左。偶有不相从，内外全都砸破。人祸、人祸，亿万生灵恼火。

三

不到疆场打仗，却与人民对抗。坦克进城来，十里长街扫荡。狂妄、狂妄，热血青年命丧。

如梦令

今夜北京留宿，思念故都窗友。信息总难通，道是情缘不旧。休逗、休逗，大任斯人忙透。

如梦令·次肖柏跃韵

生死关头报考，似梦跻身院校。肤黑骨嶙峋，难信当时年少。谁料，谁料，花甲圆时未老。

生查子两首

一、老兵打新兵

卫国去当兵，筋骨千锤硬。何处建功勋，首长一声令。
家境太贫寒，领导无钱敬。挥动大哥拳，落下终身病。

二、八项规定后会所生意好

纪律任他严，生活还依旧。规定何其多，会所风光秀。
唐僧处事迂，猴子灵机逗。出没未留痕，空有紧箍咒。

生查子

（应珠江月诗社群主弄影摆擂词，要求诗词中含客字）

灯下细思量，辗转敲平仄。
半夜尚痴忙，忘了身为客。

书生上擂台，始懂难迎敌。
个个是人才，字字严相逼。

卜算子·重读肖柏跃《卜算子》

再读新年词，最怕人心老。两鬓萧疏早已秋，诗酒天天笑。
树大栋梁材①，用舍时缘造。任是东西南北风，挺拔何曾倒。

注：①肖词有“树大不耐风”云云。

卜算子·买红木沙发并序

莆田红木沙发取材于老挝红酸枝树，历经五百年阳光风雨而成，质地坚硬；兼能工巧匠雕刻寓意富贵的官帽和蝙蝠等图案，美观适用。买回红木沙发，迎接女儿高考，应该是件有意义的事。

沙发木材坚，取质酸枝树。五百年间在老挝，历尽风和雨。
一顶好乌纱，几只祥蝙羽。六月娇儿折桂归，待庆华堂舞。

卜算子两首（玉兔月球着陆）

一

玉兔会嫦娥，说尽闺中语。满载人间问候情，思念千年苦。
白日火炉煎，黑夜寒如虎。最是孤单寂寞时，悔作天宫女。

二

切莫返人间，一样无欢乐。天上沙霾地下污，五谷留农药。
大病没钱医，儿女难求学。物价扶摇到九重，收入年年薄。

卜算子·余秋雨发达后与李红离婚李善演唱

娇艳忆春红，寂寞因秋雨。字正腔圆大舞台，却伴书生苦。
无米可为炊，辞职鹏城去。一纸休文似梦中，富贵方开步。

西江月·画建成像

扫领双圆耳朵，朝天八字眉梢。清香翰墨染青袍，书法人皆指翘。　　总是孤单度步，何曾揖让弯腰。烧砖采矿笔如刀，骂得官家苦恼。

西江月·聋哑修鞋匠塞纸条找到老婆[1]

挚爱无言可表，灵犀一点皆通。修鞋塞纸且从容，好事神奇似梦。　　柴米油盐太累，风花雪月难穷。有缘相伴哑和聋，不怕夫妻内哄。

注：①7月23日龙华网报导，1998年重庆女子魏克到聋哑修鞋匠秦应寿处修鞋，修鞋匠把写有“在一起，我对你好”的纸条塞在鞋内，年底两人终成眷属。

西江月·老弟

两鬓萧疏白发，一声咽吐清痰。香烟烈酒旧衣衫，此外粗茶淡饭。　　说话能抓要害，帮人不厌频繁。只凭道理问心安。岂怕妖魔捣蛋。

西江月·次杨老师韵

雅韵重提过去，辛酸似在当前。朝悲劳改夜批烦，怨恨年年渐渐。　　思想天花乱坠，言谈磐石非坚。秦时恐怖纣时愆，只怕荒唐定谳。

西江月·巡视致同事

有幸临时共事，无权肆意含糊。匆忙巡视鄂湘吴，文字推敲最苦。　　形象非凭想象，功夫不让屠夫。横刀去骨竖刀刳，哪怕嚣张似虎。

西江月·日本解禁自卫权

日本魔军解禁，心头怒火燃烧。南京城郭北京桥，记起当年噩耗。　　往事虽然已古，狂徒未许勾消。钓鱼岛上肆招摇，新旧冤仇并报。

西江月·秋日登高

望处乡关隐隐，寻时足迹朦朦。湘音粤语两难通，耿直无欺不动。　　肝胆休违赤子，权钱未必英雄。秋风染得树梢红，挂满枝头是梦。

西江月·次晓廷《读史》韵

捧卷凭栏不语，争名逐利详端。兴衰自种变迁缘，善恶冥冥已键。　　富贵非关八字，穷通岂系三垣。心头无愧可延年，夕照桑榆未晚。

西江月·和世明《乌克兰变局》

乌克兰人噩耗，俄罗斯虎惊慌。分崩离析隔无墙，霸主岂能忍让。　　大醉加强北宋，偏安莫效南唐。疆边一统忆秦皇，史训邻邦在望。

西江月六首用弄影韵

一

气动河山壮美，人随物候娇娆。时因舞性情摇，醉了书生怀抱。

事小事多事累，名浮名苦名高。是非恩怨尽勾消，长寿长闲长笑。

二

弱水三千不乱，闲愁八百方骚。杯余何处度今宵，访戴无非一棹。　　朴素相关正直，繁华未必妖娆。风流只在口碑高，世事休争最好。

三

镜里容颜暗换，心中梦想空描。长安在望路途遥。自古书生可笑。　　一枕黄粱未熟，千年折戟难消。大江东去怒迢迢，不似渔歌韵好。

四

旧燕新莺惯访，清风明月常邀。闲愁默默立中宵，远近蛙声正好。　　易老无非鬓角，难忘最是乡醪。相思只恨路迢迢，梦里开怀一笑。

五

帘外归来旧燕，梁间垒起新巢。相思太久太难熬，远别重逢更好。　　入目红烧老树，临窗绿透柔条。怀是天地贵州醪，妙处何人可道。

六

不是情缘没落，也非世事沧桑。天涯歧路向苍茫，莫对人生失望。　　直面春花秋月，任他飞短流长。温馨重建又何妨，岂可摇摇晃晃。

西江月并序

（我家窗外即天河公园，园内正在建地铁。今见群友弄影于上巳夜邀汉光、了凡等诗人于园内之太白苑雅聚，并分“无边落木萧萧下，不尽长江滚滚来”为韵赋西江月词。不觉心动，亦依韵叨陪。）

地铁廊桥候驾，天河岸柳敲门。谁赢太白赛诗春，醉怒牢骚阵阵。　　赋得西江月好，吟来上巳雷仁。汉光弄影了凡神，借韵萧萧滚滚。

西江月·湘天华冷榨纯茶油杯武当山采风诗会

茶籽最宜湘水，霞光偏护武当。神功冷榨食油香，羽士诗人并赏。　　太极玄微义剑，春花秋月华章。道骚皆似半仙郎，鹤发童颜气旺。

浪淘沙三首

一、国土局干部醉死

办证慢吞吞，百次登门。思量无奈破财神。请客四瓶高度酒，醉死官人。　　权爱雪花银，上下皆昏。风情不败有成因。莫为寻常谈变革，岂是新闻。

二、公安对歪风亮剑

亮剑对歪风，气贯长虹。非常时候出英雄。百姓闻声忙鼓掌，柱建心中。　　硬话也能空，时哑时聋。凤凰池近九重宫。千古大夫刑自远，孟论相同。

三、问责官员免职后大都复出

何事已丢官，回首尤寒。违规违纪小弹丸。我好上司千百倍，伊自平安。　　复出不为难，旧谊仍丹。帮吾救己岂言奸。若把知情申万一，多少皆完。

浪淘沙·儿童节

领上系红巾，校服花裙。无忧无虑享天真。勾起老夫多少恨，苦楚难泯。　　岁月不留痕，抹去浮尘。伤疤还在怨何人。只羡儿孙逢盛世，变革良辰。

浪淘沙·送女儿乘机去南昌上大学

活泼更天真，十八青春。苗条笑影入霞云。踏上雄州求学路，勇跳龙门。　　父母念殷勤，冷暖晨昏。分飞千里怕迷津。纵使有时言语讧，此刻凝神。

浪淘沙·妻送女儿到南昌上大学

相送到洪城，校舍安宁。远离闹市近农耕。气势庄严陈设旧，学府天成。　　人老自多情，儿女家丁。心中眷念却无声。苦读寒窗方见器，大义分明。

浪淘沙·蒹葭

望断绿缠绵，出落天然。洞庭堤外水云间。浪打风摇犹拔节，处处年年。　　彼此紧相牵，朝夕无嫌。共期头白秆枯坚。纵使粉身仍化纸，备写新篇。

浪淘沙·接待长沙老同事席上

相识在长沙，似火年华。央行使命灿如霞。整顿金融同出手，都是赢家。　　歧路向天涯，岁月难赊。酸甜苦辣付琵琶。只有潇湘情未改，不败心花。

忆江南两首·咏杜鹃花酬肖柏跃见示同调荔枝花

一

花城美，最美杜鹃红。如火一丛浇不灭，如霞半夜觅无踪。风韵是天工。

二

花城好，最好杜鹃夭。露重饱含昨夜泪，风轻漫舞小蛮腰。十八女儿娇。

忆江南

元宵好，灯放满城歌。娃似笑莲开粤海，车如流水向天河，欢乐万千多。　　今夜月，故意照心窝。燕子人迁犹寂寞，嫦娥春到也婆娑。谁奈一圆何。

注：天河是广州最繁荣的一个区。

忆江南三首

（先后作于乙未元宵前夕、春分、谷雨后）

一、早春

春气动，草木吐华时。淡绿醒开高柳末，嫩红娇立小桃枝。丽日照芳菲。　　宁静夜，心事问谁知。风软画眉双锁紧，月圆深院独眠迟。何处寄相思。

二、春半

春已半，陌上荡歌声。十里踏青随燕剪，满天飘彩逐云蒸。收放是风筝。　　双鬓乱，待理却先惊。挽起云烟翻雪种，再修眉黛补时丁。兴起捉蜻蜓。

三、晚春

莺声老，似恨落花风。入耳却惊孤梦晓，卷帘唯惜一枝红。泥淖卧从容。　　春渐远，无计守芳丛。再约明年残雪后，重开新蕊早霞中。艳透地球东。

浣溪沙·咏蝴蝶兰

娇掩丹霞百媚工，正酣春梦意朦胧。东风无力懒为容。
倚剑沙场山水远，离人情思海天空。因何不惜此时红。

浣溪沙

秋到花城渐渐凉，多风多雨似非常。人间酷暑去何方。
闻道山东将审薄，老天眼下也登场。斯时热点在齐邦。

浣溪沙

湘韵湘音是老乡，横看圆满竖看长。时妆淡雅发丛香。
一曲酥魂心暗颤，双眸摄魄语无常。谢家春色恼秋郎。

浣溪沙

偶尔同梯两眼痴，似曾相识忆犹迟。几天不见却寻思。
举止端庄新月韵，妆仪雅淡早春诗。心中隐约怕人知。

浣溪沙

连珠喷嚏怕冬风，见者皆知是朽翁。慰人还道夕阳红。
两耳不闻花月事，一言难状壁岩松。诗情尚有万夫雄。

浣溪沙

揽镜方惊白发深，生涯回首杳无痕。艳阳花鸟十分春。
物欲横流明节义，权钱冷静见精神。还乡不愧种田人。

浣溪沙 ·苏州怀古

金鸡湖畔一声啼，西子扬帆逐鸱夷[①]。英雄千古美人妻。
宫殿缠绵吴主梦，城头招展越王旗。伍员双目尚凄迷[②]。

注：①鸱夷即鸱夷皮子，范蠡的化名。杜牧《杜秋娘诗》：西子下姑苏，一舸逐鸱夷。②伍子胥被赐死前对门客说：请把我的眼睛挖出置于东门之上，我要看着吴国灭亡。

浣溪沙

白露无形草色妍，轻风聊拨路花燃。自疑南国已秋天。
镜里纹丝双淡泊，心中诗月两缠绵。从容独立晚霞前。

浣溪沙·到南京收微信知徐才厚供出众多将军

故国笙箫总是多，空城刀剑久无磨。夕阳秋水泛红波。
风月向人难缱绻，秦淮有恨自蹉跎。将军府邸六朝歌。

浣溪沙

秋雨无情落叶知，秦淮十里上灯时。几家歌舞几人痴。
岸畔洞开夫子庙，书中谁读女墙诗。夜深闻曲是师师。

浣溪沙·嫉妒

晓镜粗眉久久描，摇头疑惜小丰腰。非人风韵几分馊。
鹦鹉不灵空学舌，莺声已老哪堪娇。入时未许自无聊。

浣溪沙

二十年前识小春，吝言而立雁城人。金银堆里未肥身。
大浪淘沙时濯足，落花满地几惊魂。秋枫共醉我和君。

浣溪沙·目送友人返湘

别语辛酸背影泯，余寒忍送下楼人。归时不耐岭南春。
儿女姻亲昨夜泪，夫妻情分旧伤痕。思量难置百年身。

浣溪沙·应群友提议集苏轼诗文词语意境寄怀苏轼

不识庐山却重情，大江东去月阴晴。西湖西子惜莺莺。
指爪飞鸿三赤壁，行藏用舍一虚名。南荒九死任平生。

采桑子·新旧吟四首

一、新旧春节

新衣似比盆花艳，水果香甜。电视缠绵。信息殷勤拜大年。
粗茶淡饭团圆宴，鱼肉无缘。父子农田。春节儿时苦莫言。

二、新旧身份

签名与会支行走，差旅悠然。廉政专员。偶尔相邀也发言。
官僚地主高冠重，人见人嫌。俯首由牵。雪夜抄家欲晓前。

三、新旧生活

春花秋月如流水，吃要低脂。穿讲高支。雅兴闲情一首诗。
披星戴月田头事，风雨休迟。岁岁如斯。落个饥寒伴四时。

四、新旧友情

茶厅酒店时来往，冠长相称。尽道忠诚。不再行权也有情。
亲朋共演红灯记，当面无声。半夜相迎。尝胆亡秦意气朋。

采桑子三首·温州朋友母亲仙逝

一

人生不百婆将百，福满乡村。尽是儿孙。耳自聪灵眼未昏。
无言一夜随春去，笑意犹存。睡意犹新。鬓角生成寿字纹。

二

至诚至孝谁能比，闺女殇情。媳妇争鸣。写好哀文哭母灵。
人山人海花圈阵，十里空城。十日喧腾。善后钱财百万名。

三

万人送殡千人哭，哀乐幡旌。鞭炮凝声。白色头巾满地星。
小门岛上辛劳史，山顶农耕。海里渔罾。七品孺人一品荣。

采桑子

精明泼辣多才女，事业繁忙。文彩芬芳，投稿华章获表彰。
眉湾暗动横塘影，泛起秋光。映染轻霜，深锁闲愁八字长。

采桑子·中秋步世明韵

月圆不觉天涯远，人在他乡。心在家乡，一样中秋桂子香。
和词忽忆儿时事，牧曲悠扬。斗志昂扬，苦难年年逼自强。

采桑子·中秋示晚辈

华灯美酒中秋好，月出东边。人聚湘园，半老诗心羡少年。
辉煌事业非凡路，托起明天。苦在当前，发奋图强梦自圆。

采桑子·中秋

月光还似旧时好，年又中秋。白发新稠，把酒无言几许愁。
阴晴圆缺循环转，不是东流。尚可回头，悟此天机或解忧。

采桑子·重阳（用毛泽东韵）

人生易老情难老，岁又重阳。龄也重阳，画里枝头梦里香。
小阳春色尤其劲，秋末风光。心上风光，染罢青丝退去霜。

采桑子三首·北京行

一

昨宵卧听倾盆雨，一地残英。三月残英，晨起凭栏恨自生。
春光不肯随人驻，退到京城。追到长城，依旧匆匆向北行。

二

山河秀永人生暂，任是多情。总是无情，岁月蹉跎事未成。
长安太远红墙近，诉尽心声。不尽心声，几度沧桑白发青？

三

天安门外狂飞絮，已过清明。错过清明，今日重来未了情。
青春血染中华梦，走得光荣。记得光荣，爱恨交加认弟兄。

南乡子·忆儿时用建成韵

回首矮檐披，地主家门对竹溪。不解人间争斗事，相依，父子无言受尽欺。　　夜半早闻鸡，口哨狂催快上堤。月落肩头霜落地，真奇，唱起歌儿忘了饥。

南乡子·肖柏跃韵时在昆明

风景在西山，却恨浮云故意拦。料得今年红叶坠，难堪。谁倚林柯一梦南①。　　落日尚三竿，秋色春城未忍残。再拨滇池来去浪，扬帆。泛起生机鳖胆寒。

注：①填此词时闻云南多位高官落马。

南歌子

花甲惊心近，功名着意藏。微风犹送晚荷香。望处云霞轻渡、钓丝长。　　啼哭三年饿，耕耘四季忙。闲冠薄俸已非常。应是前人德厚、我叨光。

南歌子·复友人问

气色违龄好，诗歌逐日新。少年兄弟问原因。尽把忧烦放下自精神。　　何事千斤重，何情一往真。雪泥鸿爪也留痕。最怕蹉跎岁月读书勤。

画堂春·杨老师入老年大学其音乐老师曾教过女儿

何人有幸染梁尘，岐王崔九常闻。缘牵两代共师君，白雪阳春。
天籁能狂落魄，莺喉每遏行云。老年大学没黄昏，益寿清神。

苏幕遮（中秋夜致窗友）

月初圆，人渐老。把盏填词，不负中秋照。三十年前同择校，意气飞扬、正是风华茂。　　事无痕，情未了。满目尘埃，方寸清新傲。任是灯红酒绿闹，守住天真、莫对良宵恼。

朝中措

彷徨忍待十年穷，秋去又临冬。且把衣裘整理，当防彻骨寒风。
无心恋网，匆忙阅报，尽是虚空。踏过萧疏落叶，眼前一片朦胧。

朝中措－尿结石

迎秋结石痛三更，乘夜看医生。不料妻言相戏：男人太过娇情。
疯狂喝水，来回急尿，寝食违宁。数着晨昏度日，哪堪雁送寒声。

破阵子·普京独步在大街上

并未生吞虎胆，却如活剥龙鳞。十里街头闲独步，两手搓拳左右抡。胸中百万军。　　试问何来自信，翩然抖擞精神。敢动官场贪腐吏，换得同胞拥戴真。安全处处存。

清平乐

岭南春早，万紫千红好。花甲圆时心未老，寄兴郊游斗草。
人生几度风光，尤其聚散无常。细听归来燕语，相陪不过秋凉。

清平乐两首

一、两官员席间互殴致一死

三杯两盏，免费寻常饭。醉后一声王八蛋，出手伤成命案。
无仇无怨无因，为官皆是红人。今日逢场作戏，何期饮恨终身。

二、深圳政法委官员索贿嫖娼被举报

分明索贿，放肆花心秽。事未办成钱不退，落下终生忏悔。
从无免费佳肴，岂能法外逍遥。恪守为官本份，敲门哪怕深宵。

清平乐・报导湘川有40度高温

高温似虎，湘蜀煎熬苦。才抗洪灾连夜雨，又入蒸笼如煮。
水深火热年年，黎民血汗天天。谁在衙门眺望，西装倚立窗前。

清平乐・洪峰酷暑故乡情

洪汹暑逼，莫向江边立。岸上如蒸湘浪急，见了空生叹息。
年年水旱为忧，时间不舍东流。想给家乡造福，霜花却白吾头。

清平乐

笑谈相戏，未解春归意。啥事开心如此喜，两盏三杯不已。
从前共处何君，多年音讯无闻。却在落花时节，方知早是诗人。

清平乐

早春二月，燕语尖尖叶。花正开时人却怯，梦里方逢又别。
相寻搭上风筝，茫茫渺渺云层。进退情牵一线，无踪无影无声。

清平乐

人前饮泪，似是心肝碎。卸下乌纱腾出位，天命蛾眉问罪。
一年春种冬藏，一生少壮衰亡。万物张弛有序，何轻二线风光。

清平乐三首

一

问春不语，只有潇潇雨。枝上残红余几许，绿叶横杈一处。
高高大大青山，为人挡住轻寒。读罢云中雁字，东风退过韶关。

二

风停雨歇，柳色青三月。心在当时头似雪，窗外春光渐没。
年年闯荡江湖，尘途欲直还弧。幸有诗签酒盏，几分韵醉欢愉。

三

春风且住，放下匆匆步。易做儿孙难做父，岁月煎磨最苦。
成人一日三餐，成材十载云杉。只有成全无限，揪心夏也生寒。

清平乐

青春无价，多少心中话。面对千军从不怕，万古屠夫被骂。
只为呼唤清廉，何期血洒街边。二十四年过去，冤情未白依然。

清平乐·端午

昨天大雨，今日迎端午。水满河床催战鼓，竞渡龙舟起舞。
家家挂艾披菖，期求幸福安康。但愿精英志士，无人再效沉江。

清平乐

秋风呼唤，秋雨匆匆散。秋色斑斓些许乱，秋日长空一雁。
秋思漠漠秋云，秋情荡荡秋分。秋意深深秋夜，秋词未尽秋真。

清平乐

如狂似野，杯酒平安夜。一曲相思难割舍，今日繁华未谢。
春花秋月无声，年年白发还生。望断天涯云雁，良宵已过三更。

清平乐

满城啼哭，股市天天绿。重发批文如剧毒，苦了投资一族。
匆匆逼近年关，阿婆度日艰难。悔赌新官梦好，新官也是狼獾。

清平乐·马航失联

马航三七，发出无联系。两百多人何处觅，报道藏身海底。
瞬间超渡长生，断肠永远亲情。是恐是灾待定，哀天恸地涛声。

清平乐

匆忙立夏，记起前人话：日月如梭谁也怕。发白方知不假。
如花如火青春，东西南北无痕。辜负多情父祖，归时再教儿孙。

清平乐

警官笑话，竟带情人耍。玩罢枪支遗枕下，网络轰然尽骂。
上司婉转传神，未期惹火烧身。武器不曾丢弃，暂时失控云云。

清平乐·梦文革又起作

荒唐文革，复活寻常陌。人尽惊魂如落魄，枕湿原来梦泣。
焚书禁学横行，斗争批判无情。呼号撕心在耳，幸哉习李清醒。

清平乐·八一

年年念记，今日风光丽。烈照当头天有意，烤硬军营士气。
安危总系兵情，沙场能战能赢。一旦剥雄财厚，江山社稷将倾。

清平乐·七夕

人间七夕，天上银河寂。万丈鹊桥虽不易，放弃也无可惜。
农夫改作书生，几时懂得温情。粗识老庄孔孟，略知家国功名。

清平乐·书法爱好者吕剑贵张世忠

挥毫泼墨，有梦为酬国。笔下龙蛇争上壁，舞出青春气息。
闽中两个精灵，多才多艺多情。酷爱临池写意，方家早识芳名。

清平乐

榕城佳丽，怪道遭人忌。妩媚四时春不退，更是多才多艺。
任他众说纷争，言行正大光明。未解居功请赏，心中只有民生。

清平乐·艺术腐败

公权无价，委婉玩书法。玉口金牙谁不怕，笔墨安全又雅。
传承最重斯文，民心最敬官人。出手何其慷慨，买回事业长春。

清平乐·访黄埔古港

羊城古港，携眷初来访。万国商船乘海浪，千载风光已往。
田低水窄堤高，沧桑土掩波涛。只有名空黄埔。时闻一曲渔樵。

清平乐·七夕

人间七夕，天上银河仄。两鬓成丝谁可惜，望眼痴呆日积。
枝头落叶轻飘，蝉声诉尽牢骚。不似牛郎织女，一年一度魂销。

清平乐

春花秋月，老了芳丛蝶。柳浪莺声轻一别，旧梦能同谁说。
天边落日惊心，青灯夜幕深沉。多少驱驰往事，诗词面壁低吟。

菩萨蛮

求知共上西安道，营生只觉潇湘好。就业到长沙，皆缘恋老家。十年八载后，心累身都瘦。何处觅青春，天南地北人。

菩萨蛮两首·女儿待考

一

近来重复三更梦，醒时隐隐心中痛。高考已燃眉，痴顽不急追。穷通皆有命，富贵前生定。我劝枕边妻，休将泪眼迷。

二

人生脚下千条路，文凭只是临时渡。多少古今贤，从无学府缘。吾儿资不蠢，后发方为准。今夜放心眠，他年证此言。

菩萨蛮并序

众生中考结束后将书、本纷纷从楼上抛下。

理综语数英文苦，九年考得心中怒。今日可回家，抛书似散花。先生无奈看，欲哭连声叹。莫道不伤神，斯文尽染尘。

菩萨蛮·女生叹男友重色轻友

何人重色轻闺友，闻鸡已报三更后。苦泪暗中弹，芳心一寸丹。曾经盟誓早，相约君同老。未到拜堂时，回头顾影迟。

菩萨蛮

华灯普照平安夜，花城多少无眠者。嬉闹是青年，官人亦醒然。苍蝇和老虎，此际皆无语。棒下不留情，良宵苦自生。

菩萨蛮·传销

多情好友邀君去，殷勤说尽迷魂语。红火又安全，轻松赚大钱。归来心已动，积蓄连连送。不许问原因，聪明洗脑人。

菩萨蛮

双规忽报徐才厚，坊间小道传闻久。好色又贪财，横行恃后台。
江山何所托，最忌军营恶。马谡失街亭，非关诸葛情。

菩萨蛮

情爱深深深几许，上天入地无穷处。岁月已长眠，相牵到万年。
青春诚可惜，大海汹汹逼。肠断是何人，生灵共此心。

注：①韩“岁月”号沉船上一对遇难学生恋人身穿救生衣并用绳子系住两人双脚以共生死

菩萨蛮

梦里疑闻娇鸟语，醒来启牖无寻处。柳色染晨帘，愁思嫩可拈。
分明今是夏，却把春牵挂。意想不随时，相知似隐枝。

菩萨蛮·小满

谁撒谎言才小满，连天水注潮平岸。麦浪穗难黄，粮田恐烂秧。
深心些许痛，怕损农家梦。何日可舒眉，呼风唤雨时。

菩萨蛮

态比徐娘风韵好，心追武氏经营妙。钞票本来多，声声近大哥。
人前叉手立，夜半悄悄泣。三尺绿罗裙，坊间似有闻。

菩萨蛮·乙未端午前夕

汨罗江里长流水，哗啦多少悲哀泪。既为哭灵均，连同哭股民。
监庄皆狠毒，股市天天绿。谁是跳楼人，长沙蚀本君。

菩萨蛮·秋雨

微信群中弄影、了凡分别作菩萨蛮回文词春雨、夏雨，号召诗友续之，故有此词。

举杯怜老秋天雨，雨天秋老怜杯举。难得赋时欢，欢时赋得难。醒人诗弄影，影弄诗人醒。枯叶落庭梧，梧庭落叶枯。

菩萨蛮·七夕

斜阳冷照情人节，心中有话同谁说。万里雁空还，还无片语笺。年年期乞巧，消息依然杳。曾约愿当垆，如何忘却初。

行香子两首·78岁大陆老太到台湾寻找初恋情人

一

威武军装，英俊非常。正青春、自作红娘。京城照像，朋友分糖。是恋中人、心中梦、命中郎。　　未曾摆酒，天各一方。接鸿笺、泪水汪汪。分明有误，盟誓皆忘。竟断情缘、失踪影、没商量。

二

发白牙崩，心事难平。赴台湾、欲探分明。今生不解，来世无宁。问言何食、约何毁、理何凭。　　三更听雨，暗泪同倾。多少年、爱恨思憎。黄土已近，情债当清。盼见一面、说两句、即回程。

行香子·区伯长沙奇遇

春漫星城，区伯多情。夜阑珊、寂寞难凭。重帘放下，醉拥流莺，是互相怜，零相送，半相迎。　　黑白休争，泾渭分明。一念间、坏了贤名。私怀既乱，岂赖狐朋。纵百无聊，千无失，万无腥。

行香子·次弄影韵酬其和余《生日》诗

生在湖南，老在华南。多少憾、待问苍天。只知拼搏，不解缠绵。恨路崎岖，人孤独，事难圆。　　诗情韵味，神飞气转。晚来迷、意志如山。荣枯尽趣，左右皆源。化道家言，儒家梦，佛家缘。

行香子·落叶

落地犹香，色泽金黄。露寒时、也是风光。难禁秋老，顺势冬藏。伴一更灯，三更月，五更霜。　　枝头回首，早春开放。艳阳天、美冠山乡。如今掉下，守护根旁。酿雪中胎，胎中梦，梦中芳。

行香子·秋水

石上清泉，夜净湖烟。月当头、怀抱婵娟。伊人霜露，染色长天。尽出于山，流归海，载将船。　　成全万物，堪称上善。赴前程、任意方圆。庄周经典，魏武诗篇。却静无声，雄无挡，阔无边。

减字木兰花

怪哉南粤，未起秋风何落叶。树木常青，冷雨寒潮也损形。
人生易老，放下忧愁诗酒好。转瞬多情，耳畔依稀是旧莺。

减字木兰花

视频开会，总结前期风景缀。展望来春，膨湃心潮湿五云。
今年起步，上下惊慌同叫苦。业务滑坡，腰斩新增尚有多。

减字木兰花三首

一

空多事少，闲看岭南秋不老。十里花城，树影婆娑脉脉情。
莫争先后，夕照西风人尽瘦。谁是谁非，面对红尘酒一杯。

二

风光无限，云在山头花在岸。日月如梭，流水烟波可奈何。
长安路远，万里鹏程轻入眼。赐宴琼林，好梦温馨系古今。

三

非烟非雾，扑面斜来丝线雨。序属深秋，草木荣枯也白头。
三生有幸，甲子圆时筋骨硬。世事无常，万古流芳是善良。

秋波媚

花城冬日北风寒，云度雁群还。方人又一，似闲犹急，语带辛酸。萱堂卧病青山近，双泪为谁干。天年已富，子孙难舍，远近平安。

秋波媚·新诗友席上

冬寒渐紧聚天河，风雅此间多。春光不远，文星已近，待饮先酡。沧桑未改诗词癖，无奈薄才何。迷途路转，群贤砥砺，莫再蹉跎。

虞美人

回眸一笑无言去，何必曾相遇。当时人立落花前，别后依稀寻觅梦魂间。　　轻寒细雨谁家院，又是春光半。画堂归燕语分明，锁在红楼深处度三生。

虞美人

（应珠江月诗社群主弄影摆擂词，要求含“问君还有几多愁”句）

砸锅卖铁婆爷梦，换了心中痛。问君还有几多愁，股市层层深绿哪时休。　　左邻右舍哀声动，世道何其恐。本来一片晚霞天，忽被无情风雨化为烟。

临江仙·用肖柏跃韵

鉴史公推祭日，防倭痛奠亡灵。秦淮河上近冰凌。君臣同拭泪，愤怒早填膺。　　灾难何妨进步，牺牲唤醒和平。邦邻释怨并肩行。东瀛多不义，中国警钟鸣。

临江仙·初夏福州公园夜景

眼底灯光明暗，耳边乐曲高低。满园人影动依稀。歌喉真父子，舞步老夫妻。　　惬意流连此地，开心不辩东西。躬逢盛境也同嬉。福州初夏夜，游客伴谁迷。

临江仙

几度吟哦诞庆，何曾吐露心声。笔无佳作事无成。不堪花甲近，空说夕阳惊。　　做子做孙有愧，为夫为父难平。只知宽厚守忠诚。人生行大道，杯酒慰闲情。

临江仙

网络查询重症，专家诊断虚惊。忧伤涕泪到天明。恩妻如有劫，大厦一时倾。　　前世姻缘约定，今生锦瑟和鸣。相亲相敬两真诚。不求多富贵，只愿永安平。

临江仙

肉去脂肪鱼去刺，盘多碗大盆深。午餐油腻晚餐荤。猜拳行酒令，醉态演风尘。　　饭菜无情倾一桶，街头褴褛伤神。不知谁是买单人。豪门真遂意，公款庆新春。

临江仙

岸畔琴声串串，水中雪影层层。满天云月满池星。微光添夜色，皓首动风情。　　十五年来粤海，三千里外乡声。游人心事向谁倾。诗歌传曲语，杯酒化坚冰。

临江仙两首·伊拉克战争十周年

一

十载惶惶惊梦，两河默默流殇。美伊开战问谁伤。街头常爆炸，草木也凄凉。　　父子豺狼执政，生灵水火遭殃。绞刑场上悔猖狂。泉台逢旧部，老萨再称王。

二

觊觎资源远久，托言民主荒唐。盟军十万越重洋。炮轰巴格达，捉贼一群狼。　　分裂文明种族，焚烧圣地风光。白宫父子太猖狂。青山横白骨，两国好儿郎。

临江仙·次晓廷韵

时见变迁时换帅，随迁随换随遥。书生本性岂心焦。追求唯笔墨，音韵是营巢。　　皆说前途风景好，何曾听取民谣：繁华过后落黄飘。精神无寄托，算计也徒劳。

临江仙

忆昔小桥山月照，浣纱人下荷塘。银波浮影晚风香。当时心事，隔了万重墙。　　浪迹天涯重见老，怜伊最是凄凉。身怀绝症目无光。枕边消逝，长夜泪流双。

临江仙

日月如梭迎十一，良辰美酒歌声。谁知白发满头生。红旗无限艳，碧血几分倾。　　花甲将圆心未已，于家于国于情。儿时爱好老犹哼。五言和七字，一息不曾停。

临江仙·毕业30年海口聚会

三十多年人欲老，半休半退婆翁。可堪今日对秋风。天涯云路远，海口热情浓。　　为国为家心不愧，匆忙换了时空。湖湘意气义和忠。重逢来一曲，未到夕阳红。

临江仙

秋光渐退繁华淡，浓霜薄雾寒风。棉衣木炭备隆冬。春天虽不远，冻态势汹汹。　　街邻冷议当前事，时间逼近三中。满朝权贵守和攻。心头忧习李，暗箭已张弓。

临江仙·元旦乘高铁到株洲参加外甥生婚礼

北向飞龙何处去，株洲渌水深潭。寒梅迎放十分丹。重逢犹醒目，不见旧时颜。　　婚礼堂前春色早，新娘柳叶眉弯。才郎肩上紫檩宽。一杯和合好，两个醉痴欢。

临江仙

弯刀炸药背包挎，瞬间血肉模糊。生灵喊叫骂屠夫。谁家新妇寡，几户幼儿孤。　　不平世道从来有，报仇报怨皆输。岂将私愤害无辜。宽容三代庆，胡闹九天诛。

临江仙·中秋时值白露打虎正忙

夜色无边可捉，心花渐放难收。等闲休笑老人头。举杯吞满月，搔首叩中秋。　　天下凉生白露,世间梦断红楼。良宵屈指几风流。高墙关猛虎，俗韵傲诸侯。

临江仙·怕被问责者跳槽

十载青春如逝水，江湖变幻非常。只因无奈换新装。人皆新面孔，事是旧风光。　　规矩高悬三尺剑，莫为名利疯狂。金融法纪没商量。跳槽心应悟，开步路还长。

临江仙·姚贝娜病逝

小雪徘徊深圳，长天陨落明星。红颜劫去鬼神惊[①]。乐坛居第一，通俗最流行[②]。　　不是琵琶饮泣，也闻司马多情。何时再听好歌声[③]。英灵应未灭，眼角已重生[④]。

注：①姚曾在电视剧《甄嬛传》中演唱主题曲《红颜劫》；②姚于2008年全国青歌赛上获通俗唱法第一名。③姚也是央视中国好声音栏目的主力歌手。④姚逝世后成功捐赠眼角膜

临江仙用暗香如沁韵

访戴未成回棹去，秋风吹落秋阳。几分萧瑟下湘江。本来由兴起，休待夜帘央。　　往事暗随尘鬓远，蝉声细说炎凉。醒同花月醉同狂。村前槐树在，情义已沧桑。

临江仙·武当山湘天华茶油杯诗会

万里云山天地远，道儒相隔几何。武当观外惠风和。诗仙曾受箓，书圣已收鹅。　　湘水茶油真个好，扶元益智疗疴。壶中妙用说来多：拂尘彭祖寿，分韵盛唐歌。

踏莎行[①]

百越新年，三湘旧友。春风得意千杯酒。育群浩迥并升平，吉明细卫同兴楚。　　刀笔全能，官商尽有。人人马到成功后。财源滚动似珠江，文章灿烂如牛斗。

注：①马年正月与乡友熊育群张浩迥李升平单吉明刘细卫徐兴楚等作家商家官员军人同聚花城。

踏莎行

飒起秋风，忧随逝水。菊花怒放群花萎。东盟峰会逐狼嚎，亚太经坛驱犬吠。　　利计苍生，名留后世。宣言透出非凡志。虽然两岸未同谋，英雄共识垂青史[①]。

注：①习主席在亚太经合组织会上说，“计利当计天下利”。此言正是蒋经国的座右铭之一。蒋的座右铭中另一句是：“求名应求万世名”。

踏莎行

十载同僚，三生有幸。是非好恶心圭共。何人失道只谋私，何人重道行为正。　　粤海波翻，湘江浪涌。涛声响彻忠良梦。

岂能唯利乱低头，从来不惧威权盛。

踏莎行

百丈楼高，万千车急。来来往往风尘里。青山远对夕阳红，门前几度桃花丽。　　谁想糊涂，谁寻醉意。疯狂世态清醒笔。任他舞爪效横行，诗歌一曲从头忆。

踏莎行·记梦

命定穷通，时违显达。初逢记得花城夏。一声珍重十年前，情 怀掩处朦胧怕。　　岁月蹉跎，暑寒牵挂。零零碎碎何曾假。几回梦里也相逢，如何面对偏无话。

踏莎行·步世明东欧游同调夜字韵

一路风尘，几番花谢。他乡辗转无眠夜。中庭举首月偏圆，家人远隔云天野。　　多事年头，哪堪秋社。孤身漂泊情何舍。谁言相识到东欧，分明不似儿时者。

踏莎行·次世明《秋意》韵

暗惜时光，总违人意。回头几度风云际。岂寻偏字说新愁，新愁自在闲言里。　　出道田园，结缘纸笔。红尘上下如儿戏。欲将心事付秋词，秋词响彻潇湘地。

踏莎行·国资委主任被调查

不是苍蝇，也非老虎。民间早有私私语。缘何拿下这般迟，分明逼得天人怒。　　变革艰难，徘徊痛苦。朝纲整肃谁能腐。抬头已上景阳岗，挥拳岂待三通鼓。

踏莎行·秋夜

月静如心，秋深似面。趋圆渐老寻常见。默然回首已三更，红尘几许恩和怨。　　兴趣难移，痴迷未变。诗歌引向黄昏恋。情怡总在夜凉时，忘忧拟就交鸿雁。

踏莎行

百丈高楼，几环宽道。车流滚滚人喧闹。霓虹不夜乐无穷，从商从政千般好。　　意绪消沉，容颜枯槁。年华渐向城中老。生来合赚打工钱，乡愁却对朱门恼。

踏莎行四首

一

柳叶眉宽，桃花脸阔。朱唇笑启风情活。水灵动处眼双圆，乌云掠过香腮雪。　　悟性生成，文思勃发。本研接续闺中杰。湘江北去蜀江东，麓山春梦锦城月。

二

知己难求，良缘不遇。多情总被无情误。恼人心事向谁言，春风偏送难眠雨。　　凑合为家，凄清最苦。朝朝暮暮留还去。忍将孤独化消魂，杯前醉作红尘舞。

三

足立银行，位居骨干。职场圆满人心算。特区风景胜潇湘，公私互动行为乱。　　寒暑三年，家财亿万。全身远赴重洋岸。归时座上唤华侨，知情个个深深叹。

四

几亿身家，十分仁义。人前人后同窗谊。急难时刻托辞严，谁多谁少重重理。　　守得钱财，输完意气。当年怪道皆争避。心中应惧再相逢，怕因见面嗤以鼻。

踏莎行·宁乡汉大摆离婚宴

四载婚姻，百般磨难。亲朋共享分离饭。明知苦海望无边，回头必有黄金岸。　　心智煎熬，神思涣散。无精打采言行乱。前生修得孽缘邪，三更梦里深深叹。

踏莎行

久已闻雷，终于下雨。初冬鹊报阳春语。寒风吹放紫荆花，锦鱼搅动沉池树。　　席上添杯，庭前度步。心头兴奋因何故。万言《决定》释三中，殷勤说尽迷途悟。

踏莎行

酒不辞杯，歌随放曲。杯杯曲曲争相续。半推半就两峰高，如痴如醉双眸绿。　　手怯勾腰，舞难立足。摇摇晃晃风中竹。尊前个个是官人，红尘夜夜销春欲。

踏莎行

急急忙忙，来来往往。汗流浃背人头旺。奔波至极是休闲，松筋砺骨图无恙。　　树上秋深，路边灯亮。婆婆舞动爷爷唱。还童好梦许成真，广场白发年轻样。

踏莎行并序

一对恋人在小孩刚满月时就迫于世俗的压力分开，彼此承受了43年思念的痛苦。70多岁时男方终于鼓起勇气，委托电视台寻找，得以团聚。

四十多年，万千遗恨。娇儿满月娘宵遁。回头面对不欢人，双双痛楚深深隐。　　岂是无缘，何曾有分。卿卿我我谁恩准。青山渐近渐难平，重逢未改心相印。

踏莎行

日落云霞，楼穿雾霭。秋风欲尽人无怠。眼中归鸟立枝头，心随大雁临沧海。　　白发虽多，痴情不改。晨昏叠厚平生爱。千年潇洒笑斜阳，山河依旧篇章在。

踏莎行·立冬

袭夜风寒，侵窗雨冷。轻衾不耐三更醒。年年屈指数春秋，时空又换冬来影。　　富贵随缘，穷通认命。虚长岁月人常省。几多茅屋度今宵，无灾无难生涯幸。

踏莎行·秋莲

灿烂花枝，丰收子粒。何人识得淤泥出。几经风浪到如今，多情未敢忘畴昔。　　梦醒三更，心悬七夕。秋风渐近君难觅。可怜霜雪满吾头，当年竹马谁相匹。

踏莎行

乙未重阳，晋阳宾馆。秋风渐减城头暖。晨昏无处觅霜寒，人间始信乾坤换。　　白发虽多，初衷不乱。工余岂可诗书懒。冲天香阵太行西，心花正斗黄花灿。

蝶恋花

自古江山无定主。汉武秦皇，尽逐尘烟去。只有秋风吹冷雨，年年落叶城头树。　　正义公平思善举。虞舜唐尧，碑立人心处。莫把谎言欺众庶，史家笔墨何曾恕。

蝶恋花·到无锡

湖山倚抱繁华地。燕语呢喃，自古游人醉。芳草萋萋斜照里，谁能解得填词意。　　二泉映月红尘艺，道尽辛酸，一抹英雄泪。

正义公平从不易，重来欲把吴钩祭。

蝶恋花

忍把年光轻易耗，独立江边，四面无凭靠。逝水流浑人影倒，秋风白发谁怜老。　　月渡云开清照好，运转何迟，却道团圆早。忽觉留连天近晓，归时未减眉梢笑。

鹧鸪天

道尽温情几句真，阴阳难辨即红尘。妆成秃顶修行佛，戴上乌纱演戏人。　　云掩月，雨寒春。江边移步尚留痕。风光似被聪明误，鞋湿何时可脱身。

鹧鸪天・次杨老师韵

下海扬帆上马鞭，满头华发却忘年。书中觅得无穷乐，笔底休容一字蔫。　　心未老，意犹顽。任他平仄韵词难。诗歌已许千金诺，三载归田再续篇。

鹧鸪天

两鬓萧疏不再青，一言难尽是心声。生来本属温和汉，老去休凭意气胜。　　今日笔，少年耕。几番沉默几番鸣。回头万事尘封后，只有诗文愧未精。

鹧鸪天五首

一

绿水青山忆故乡，梦中常到竹溪塘。一年两种黄金稻，四季三餐白米汤。　　人已老，事难忘。家家血汗为谁忙。贫农眼里哀贫泪，地主心中种地伤。

二

跃进红旗处处扬，狼方唱罢虎登场。五风激荡深人祸，三代存亡系我娘。　　朝种地，夜偷粮。民不聊生道自伤。村官捉贼忙批斗，邻里多情泪几行。

三

禁学顽儿誓欲成，暗中追赶校园童。窗间竹影三冬翠，案上油灯半夜明。　　人事改，国家兴。一朝折桂入华庭。寻常也向人前立，衣锦还乡梦里行。

四

无师无长少年人，批斗先抓父母亲。红小兵多声势大，白高帽下屈难申。　　长夜泪，种田民。何处桃园可避秦。面对焚书肠已断，山林归去只修身。

五

来自乡村性本真，不知世道水清浑。全凭俗眼分颜色，总把冰心度别人。　　一巧舌，二花银，戴上乌纱远近闻。谁对苍生空叹息，满天尘雾与阴云。

鹧鸪天·次韵杨大猷老师《再读〈阿房宫赋〉》

六国昏庸出始皇，秦宫腐朽看阿房。蛾眉苦抱君王怨，楚将狂烧殿阁央。　　真干事，莫怜狼。满朝虚伪唤商鞅。岐山脚下周公庙，牧誓铿锵大道康。

鹧鸪天·次韵复诗友

读罢诗书望九天，心随云渡晚霞妍。鹏高未免轻沧海，鹤远依稀入淡烟。　　人生事，肺腑言。三分冷静七分仙。春花秋月匆匆过，佐我吟怀到百年。

鹧鸪天·读《苏东坡诗集》用西山烛影韵

哲匠词坛百媚山，黄州初贬再而三。生前爱子期愚鲁，死后乌台系仰瞻。　　怀赤壁，望婵娟。行藏用舍总难兼。苏堤柳色西湖雨，从此魂牵梦萦间。

鹧鸪天·读《陆游诗集》用西山烛影韵

谁解诗翁作放翁，丹心岂与贼心同。议和殿掩奸通敌，抗战声嘶士抱忠。　　沈园泪，庙堂功。书生家国水流东。万章一卷从头阅，识得辛酸曲尽衷。

喝火令

忆起心中事，惊回梦里人。满窗灯火对星辰。谁见晓风吹拂，落叶近东邻。　　欲语车尘远，凭栏柳色新。扬州明月小城春。雁也无声，雁也未留神，雁也如何通报，白发半为君。

玉楼春

灯光暗淡音频沸，歌近狂时人半醉。不知轻重舞横移，托住腰肢还抚背。　　三更过后难成寐，曲吐心声他却退。电波闪动透窗明，照亮蛾眉无限泪。

玉楼春三首（东莞扫黄）

一

新闻忽曝惊天话，出动公安连夜打。扫黄成就性都名，十万流莺真不假。　　曾遭百姓捶胸骂，风化伤时伦理垮。艳阳重照外资乡，依旧春光美如画。

二

当年改革临东莞，发展招牌擎作伞。泥沙依附外资来，薄命红颜归客栈。　　情知此地文明烂，面对黄灾谁敢反。只拼经济废精神，十里长安风气乱。

三

风尘利润无由厚，警匪官商皆出手。坚如磐石稳如山，岂顾行为狂与丑。　　天庭洞悉民间吼，赶走流莺吹倒柳。张开法网捉元凶，打虎先声闻斩兽。

玉楼春·打老虎

街坊久议深山虎，困在笼中容未露。刨根节节斩残余，剥壳层层无躲处。　　曾经险据撑天树，不许高声人窃语。一朝木腐失依凭，地狱锒铛儿与父。

玉楼春

杯前说尽掏心话，尘世相逢何必假。天涯漂泊几人同，莫负秋风明月夜。　　蘸将热血初成画，走遍江湖难有价。谁言渐老渐糊涂，醉语清醒犹不罢。

孤雁儿

叮咚不住三更雨，加重我沉沉步。关窗欲把夜风拦，涌进春寒几许。清明时节，鬓毛迟暮，谁解人生苦。　　曾经不慎婚姻误，却留下孤单女。万千仇恨锁眉头，吝啬交流半语。情为何物，心为谁系，种种难为父。

水调歌头（宽韵）

世上黄金贵，道义贵于金。乡友更兼学友，岂做二心人。说好精诚合作，事业未曾起步，算计讳如深。发财应有命，何必暗伤神。　　难成事、虽无趣、也存真。莲荷荧实，本来不在一条根。尽是豪言壮语，每日风花雪月，或许辱斯文。塞翁今失马，祸福自相因。

扬州慢

秦汉长城，京杭古道，千秋大国鹰鹏。赖朝纲整肃，凭吏治严明。自何日尘埃泛起，贪官遍地，贿赂风行。到黄昏、几点寒鸦，夕照无声。　　包公再世，看今天、也道无能。尽宫内家丁，王侯将相，权贵狰狞。告别徘徊十载，珠江岸、已露春情。问谁人敢说，私财示众登程！

扬州慢·中国梦

锦绣河山，文明古国，两千年内皇权。笑蒙童称帝，靠太后垂帘。视社稷生灵儿戏，外强侵犯，割地赔钱。问原由、政治荒唐，体制深渊。　　共和志士，抛头颅百载云烟。叹胡赵悲歌，胡温怯步，今日茫然。宪政人间好梦，休疑惑、勇决当前。欲立功立德，潮流舍此无缘。

扬州慢·朋友之苦

夜色深沉，心头郁塞，五年衾枕冰凉。非同床异梦，乃隔院孤郎。论多少钱财地位，文星镇上，尴尬无双。向江边、独立寒宵，逝水茫茫。　　穷途又苦，镜难圆再破何妨。本血性男儿，风流诗酒，道德文章。回首青梅竹马，人虽远、依旧情长。问天涯芳草，春来可否重香？

扬州慢·　读蔡行长回忆录《寸草春晖》

资水童歌，郴江恋曲，长沙事业巅峰。抚匆忙岁月，忆治理金融。赖母爱妻恩女孝，佐僚挚友，苦乐皆同。惜如今、寸草春晖，欲报何穷。　　司徒见赏，叹时光虽晚非空。是党内精英，民间代表，夙夜为公。回首南天北地，心难静、只剩愚忠。趁冬寒待退，新书赶上春风。

扬州慢

法院森严，法官正直，法堂明镜高悬。替皇天布道，为百姓申冤。岂料到荒唐沪上，国徽帽下，招妓花边。叹苍生、欲诉无门，苦不堪言。　　持衡犯律，望京城习李难眠。任反腐倡廉，净身治病，败象依然。不愿伤筋动骨，抗顽症、哪有神仙。看文明世界，无非民主民权。

扬州慢

打黑军师，唱红导演，前程一片霞光。正春风得意，待秋日称常。自走狗成都变节，黄粱梦醒，寸断肝肠。未多时，天上人间，面对锒铛。　　言行太薄，司马心、点滴无藏。若遂愿阴谋，再掀文革，家国遭殃。应是生灵有幸，今依法、审判魔王。笑黔驴技短，曝妻红杏翻墙。

扬州慢

甥外儿时，家中变故，勇将父责挑肩。叹母何苦命，念弟尚童年。自那日、寒门立志，勤工俭学，奋搏明天。看今朝，报国高才，婚礼开筵。　　繁华世界，问谁人、忠孝双全。效举案齐眉，倾心尽职，恪守清廉。千里龙钟老舅，贪喜酒、醉态酣然。忆相携路上，真情涌入新篇。

扬州慢·次世明《致敦和》韵

半栋歪房，三餐杂味，饥寒屈辱当年。是祠宗作孽，或暴政横延。问上帝、庶民何罪，披星戴月，温饱无缘。到而今，万千思绪，饭店门前。　　时来运转，未曾期、捷足登先。赖故旧童朋，图书笔墨，一脉相连。多少真情难谊，在愚怀、总置峰巅。人生易老，问谁好梦皆圆。

声声慢·百官现场观看处决张成泽

轰轰烈烈，急急忙忙，颤颤惊惊慑慑。辈长位高权重，涉嫌分裂。皇亲国戚内斗，再糊涂，也予消灭。子弹响，血鲜红，将相同观处决。

回首托孤时节，先主泪，几度君臣哽咽。两载匆匆，今日刑场永别。梨花漫天雪舞，北风寒，凛凛冽冽。心里事，这苦涩谁与可说。

满江红

薄暮微寒，风淡淡，如丝细雨。杨柳曳、鱼游浅水，鸟藏烟树。远近依稀灯火亮，双飞燕子低声语：太匆匆、新绿未成林，春归去。

今回首，当时误。多少事，心中苦。使际遇重来，也难共舞。身价非争轻与重，头颅岂向奸邪俯。纵花零、乃四季循环，何须惧。

沁园春·看电影《归来》

三十多年，记忆尘封，一幕洞开。叹专家教授，何曾反动，孤儿寡母，忍作奴才。践踏精神，间离骨肉，上下疯狂百事哀。伤心处、朝思暮想，正义归来。　　关乎民族兴衰，搭变革图强大舞台。惜史笔艰难，吞吞吐吐，银屏委婉，闪闪猜猜。虽捉迷藏，未忘痛楚，胜过明言骂独裁。真高手、艺谋导演，俐道伶材。

沁园春

近体诗词，韵味无穷，兴寄性灵。看春花秋月，万千姿态；文人墨客，点滴风情。律绝随题，短长逐意，物我交融醉不醒。凭谁说，是闲催志趣，雅浸心声。　　生来岂慕虚荣，却朝夕痴迷探仄平。任葡萄美酒，壶中天地；风池佳誉，世上功名。聚合神魂，晨昏咏叹，一卷粗刊梦近成。头已白，恨书山太远，举步难行。

念奴娇·赴汕头出席全球汉诗总会国际研讨会致陈图渊会长

旅途初夏，举轻步、登上古今鮀岛。彩凤张冠，兰俯首[①]、侍客从容远眺。揽海波涛，开屏礐石，浪到湾中小[②]。渔歌嘹亮，夕阳夫网妻棹。　蛇舞龙匿韩江，雅名何日起，芳踪当杳。两岸莺声，争说道、高柳年年难老[③]。应慰昌黎，图渊担大任，汉诗怀抱。全球召唤，汕头分享研讨。

注：①金凤花和兰花先后选为汕头的市花。②汕头三江港湾与南太平洋之际间横着礐石山，像一块巨大的屏障，挡住波涛，保护港湾。③陈会长笔名韩江柳。

[越调] 小桃红·梦露遇色狼

风姿已惹世人狂，更上街头浪。过路鳏夫正心痒。不思量，周身脏腑春情荡。慌张气喘，仓皇四望，一匹色饥狼。

楹 联

邻队青年结婚联 1974 年湘阴

温情缱绻，爱恋缠绵，且看模范夫妻，携手共奔大寨路；
婚结自由，歌谐好合，不愧迎风海燕，展怀同跃艳阳天。

乡友父亲去世联 1976 年湘阴

人生易老，品德难忘，苦楚不干儿女泪；
艰苦持家，勤劳奉志，芳名永在海天香。

生产队唱太平戏联并序 1979 年湘阴

改革初期，本生产队负责人想唱一台太平戏以增强社员凝聚力。但有的人因经济困难，不想出这个份子钱。戏还是唱了，为此我写了戏台联。

花鼓要靠大家鼓；
用钱莫惜热闹钱。

生产队社员家生子戏台联 1979 年湘阴

花鼓无心论古今，华堂降喜人人庆；
春风有意送星斗，光彩垂天处处明。

春联 1980 年湘阴

岁月更新，山河换貌；
春风依旧，温暖非常。

祖母逝世联 1981 年 1 月 1 日湘阴

一

饭香荒岁，被暖寒更，孙健原由祖恩重；
寿耸八旬，福彰四代，棺封聊慰后人心。

二

弦管虽悲永别；荣枯自是人生。

改革初期戏台联

取其精华，出其糟粕，舞台再演传统戏；
四害冰消，万民乐极，文艺重开大众花。

父亲八十初度戏台联

人生七十古来稀，钟叟八旬今未老；
引曲为吟真善美，延年再续德仁贤。
（以上九联均由弟弟钟敦礼保存提供）

徐忠刘瑶元旦在株洲结婚联

渌水欢呼，忠厚门前春报喜；
寒梅怒放，瑶琴弦上凤求凰。

单正大婚联

单家子弟几分乖？ 正气凛然腰杆直；
大道人生何物好？ 婚纱圣洁爱情真。

单寿平元月二日得孙马年春联

新年始启得龙孙，盘养洞庭深百丈；
喜气先闻开马步，踏成春色胜三分。

单寿平正月初四为孙子办满月酒联

春唤乡邻，快马加鞭奔幸福；
酒酬亲友，雏孙满月借东风。

朱政容正月初八出嫁联

春风护嫁千金梦；
乔木夸张半子才！

岳阳玉佛寺落成联

黄卷轻翻，青灯惠照。尽警示人间歧路，世上红尘，佛座闻多常见笑；
晨钟远渡，暮鼓遥传。似玄谈梦里功名，镜中花月，渔樵听罢也摇头。

何咏辉为兄弟建豪宅春联

挤尽家财，盖成福宅，心底无私兄弟乐；
门开春色，户启天时，堂前有庆祖宗荣。

联酬世明登岳麓山联见示联

南来北去，麓翠江清，天地因缘成盛楚；
坐论行吟，文章道德，人才自古聚潇湘。

弟新建小平房春联

新房裹瑞，旧址韬光，画栋随时肩日月；
一朵花开，满庭春闹，醉翁除夕小乾坤。

杨大猷老师乔迁联

登高望远，绿岸传莺，醉就东湖春色；
览史吟诗，红尘悟道，闲将老丈风情。

与世明联句

（世明）上联：春寒料峭，春雨潇潇，春归大地春无影；
（本人）下联：醉眼朦胧，醉言串串，醉倒长城醉到家。

自题花甲联

敦厚非愚，百岁浮生余不惑；
和雍觅趣，几篇俗韵剩纯真。

闲语联

百岁人生，几番拼搏。说什么用舍行藏：青云未上，白发先疏，清风两袖。却赢得闲吟终日，饱食三餐；任由他半夜敲门，通宵熟睡。

揪心恩怨，累世功名。莫辜负春花秋月：屋角桃红，篱边菊灿，俗韵孤笺。幸不曾紫陌寻莺，公庭逐利；只希望书强贱体，墨润愚忠。

张成泽被抓联

扶灵将相，骨肉姻亲，托孤说尽忧心事；
治国君臣，虎狼盗匪，分道招来灭顶灾。

挽太师母联

解惑是春风，风和汲润慈萱露；
成功归孟母，母去思枯寸草心。

挽温州朋友母亲联

江南四月伴春归，驾鹤登仙离俗界；
梦里三更聆母训，为人做事问良心。

挽顶志联[①]

秋风落叶送忠魂，天地默哀钟鼎志；
绳墨斧头称绝技，匠心成就栋梁材。

注：①顶志父、兄均为知识人，大跃进时我家被搬迁，与他家为邻近两年，从此我祖母与他母亲终生为友；后顶志师从木匠，我上大学时免费为我制作两口大木箱；与我弟交往甚厚。今闻仙逝，特撰联悼之。

挽邻居圆木匠人逝世 联

乡间巧匠，出手方圆，木不成材绳墨绝；
屋角贤邻，关心冷暖，人虽作古念思长。

挽内婶联

病已天成，死无畏惧，弥留说尽宽心话；
人如地厚，生就贤良，远近皆传盛德名。

挽母亲联

八四春秋，万千灾难。冤仇应是缘，此去泉台仍忍恨；
蒙尘认命，载德为人。祸患焉非福，曾当地主也甘心。

挽张平联

七尺男儿，五旬天命；钱财富足，家室温馨。奈何春夜横心，泉台早就，梨花并作清明别；

三湘骄子，百越良商；总揽金融，驱驰地产。怎忍羊城撒手，妻嗣无依，晓月偏闻噩耗圆。

挽张会恩教授胞妹联

那堪同气八旬人，分痛只知先灼艾；
可叹多情三月雨，落花为奠骤停灵。

悼冯浩爷爷逝世联

邻里安康，儿孙顺利，此去泉台无憾事；
三更杜宇，四月麻衣，空噙血泪报劬劳。

挽内叔父联

三尺讲台，毕生心血，堂前巧释新疑惑；
情牵儿女，恩续夫妻，地下重逢旧话题。

注：内叔父蔡树凡是国家一级教师；内婶于十多年前先逝世。

湘天华冷榨纯茶油杯武当山诗会联

湘水相生，冬风冷榨。调和腹内阴阳，骚客也期持拂子；
武当五戒，剑刃轻磨。舞响锋尖韵律，仙丹疑似换诗歌。

附录：诗友唱和

钟世明作品

致敦和

岁寒乡友聚一堂，吟诗品酒赏文章。
风姿仍是当年影，豪情未了另类狂。
报国唯凭肝胆照，为官还靠德行张。
流年莫负田园乐，竹林农墅钓鱼郎①。

注：①尾联初为“万水千山中国梦，常新时代好儿郎。”

和敦和《儿童节》

雨润鲜花节味浓，万千希望话儿童。
含苞待放迎红日，灿烂天真沐蕙风。
树木树人勤树德，成龙成凤贵成功。
张张笑脸殷殷意，六一题诗赠友朋。

诗友聚会致敦和、晓廷

炎炎夏月金辉府，雅趣缘投共赋诗。
得句邀朋樽酒乐，研题着墨寸心痴。
功名富贵俱忘日，辞藻风流尽入时。
最喜今朝高客至，开怀畅饮动箸迟。

谢敦和《题世明局长夫人》

感君抬爱鄙人妻，生性强人岂鸟依。
岁近中年方悟道，从来初识总难疑。
（首两句又为“平生多爱赞人妻，出入相携眷顾依”）

省局院中老紫微树并序省局大院中有一株树龄达几百年的紫微树，老树沧桑，每年新芽初发要比其它林木迟一个多月，感而题之：

春满枝头绿满杈，花红雨后映朝霞。
庭前老树偏偷懒，临近清明不吐芽。

阳台花卉两首

一、蔷薇花开

二月桃花带雨浓，蔷薇迎面沐春风。
历经旭日阳光抚，铺就堂前锦绣红。

二、三角梅

蔷薇花谢换新青，两树南梅映屋庭。
不与春枝争雨润，偏迎盛夏绽缤红。

题美女

妙曼身形亮丽容，青春气息染丹红。
温文尔雅知书礼，智慧聪明达世情。
处事纯真含善意，交流诚挚显衷灵。
兰幽桂沁清香里，秋水长天仕女风。

闻张成泽解职

冬风欲雪见衰枯，血溅王宫叹托孤。
避世称雄如草寇，雷人拥核似愚夫。

穷兵渎武遭民怨，杀将屠亲当贼诛。
不义多行终自毙，天公岂视小金无。

自嘲

弱冠曾期著作身，飘萍雨打入公门。
书山有径缘分浅，学海无涯道墨深。
四十年来荆棘路，五千余块养廉银。
悠然且得浮生乐，不负青天碧海心。

杜甫江阁

一阁临江傲古今，扁舟孤旅寄诗魂。
桩桩广厦人间乐，处处通衢天下亲。
千载文章多布道，八方士子尽忠纯。
滔滔湘水东流远，势压中南地脉新。

题红叶诗兰

四季风光两度红，诗情画意俏园中。
柔枝秀叶春秋展，不让霜浓十月枫。

秋悟·和敦和《草韵秋声》

一叶飘零一季更，蝉从时序作秋声。
头增华发经寒暑，草渐黄丝看复兴。
岁月如歌人易老，山川似锦事难穷。
偷闲且享田园乐，云淡风清万里晴。

踏莎行·秋意

数点流星，几分秋意。中天月色辉无际。迢迢银汉锁新愁，暑消炎退清凉里。　　皓首穷经，临池练笔。写成此刻人生戏。南飞雁阵又惊寒，梧桐飘落黄飞地。

定风波

且听新年爆竹声，千秋风俗世人从。禁令三申加急发，都怕，自斟家酒宴亲朋。　　乍暖还寒春未醒，真冷。梅迎冰冻雪中红。多少话题无限事，情势，漫天烟雨润升腾。

张国骥作品

秋意两首并序

癸巳秋末，余在洞庭老家，时秋声飒飒，黄叶飘零，有感而作《秋意》两首。

一

秋意从来惹客思，枯藤老树日迟迟。
庄周梦化蝶魂处，屈子行吟泽畔时。
天意不知人意困，地缘难解血缘痴。
男儿不是无情物，一觉南柯愧作诗。

二

洞庭秋月意归迟，世事蹉跎笑我痴。
清泪枕边追幻梦，繁华眼底有哀诗。
南天一鹤排云汉，北塞孤鸿叹哲思。
天地茫茫无限意，漫言何处觅男儿。

孙晓廷作品

常新时代永恒诗

《品读省局钟世明局长转赠钟敦和先生格律诗词集<常新时代不老诗>有感

常新时代独沉思，雅集敦和画意驰。
师大求知凝傲骨，银商立命展雄姿。

射雕四海奔波早，研墨三更下塌迟。
诵媲苏辛千古韵，传如白傅百家诗。

用前韵复钟敦和吟长和作

世情冷暖总相思，大任斯人策马驰。
白雪逢春流古韵，巴人通俗展新姿。
莫言试玉乌台愧，犹信精忠报国迟。
海北天南千幅画，文开锦绣一丛诗。

结婚 24 年赠妻

尤记当年那一羞，东篱牵手写春秋。
风波八九奔波始，弱水三千击水稠。
愧我情愚难入世，负君爱厚未封侯。
欣逢夏雨驱炎暑，一树菩提翠绿洲。

次韵钟局世明兄七绝两首

一、蔷薇花开

素韵清魂色愈浓，窗前篱下唤东风。
春归琴罢香犹远，独绽芳姿满架红。

二、三角梅

金斑重瓣映新青，皱叶银边火院庭。
貌不惊人栽雅院，晨昏送爽享安宁。

边城清江寻梦

山路弯弯白鹭鸣，清江浅浅润边城。
船头翠翠相思远，柳叶青青夕照明。
雾锁深深楼寂寂，露凝滴滴泪盈盈。
渡船拉拉惊春梦，弦断悲歌万古情。

居家逸兴

香风阵阵绕吾家，屋内书馨屋外花。
东接朝霞西剪锦，南含江月北披纱。
亲朋共品青莲酒，诗友同夸白石虾。
上网沏茶观世界，胸怀今古系桑麻。

次韵世明兄《杜甫江阁》

一阁春风阅古今，江天俯仰慰忠魂。
雨声时伴雷声紧，家事常随国事亲。
海晏河清钟毓秀，花妍草润沁香纯。
弓弯满月蹄声远，马踏雄关柳色新。

省局主要领导来县调研

风往南吹霁色开，明灯指引渡蓬莱。
征鸿正待啼花雨，战鼓频催逐鹿才。
欲壑怎填人怎带，良驹何得树何栽。
回眸无愧峥嵘路，唯把粗枝细剪裁。

题赠敦和兄

频飞短信省书笺，滚滚诗涛浪接天。
范蠡归湖堪美景，张良辞汉若神仙。
潇湘春韵存心底，粤海秋歌入梦帘。
雅集唱酬时代诵，方知不老是松烟。

和敦和吟长《草韵秋声》并致钟局世明兄

纷飞落叶起秋声，草下蛩鸣作雅听。
昨颂稻粮交响奏，今期寰宇共和生。

秋风瑟瑟迎新梦，宿命匆匆挽旧情。
物我皆忘天地阔，直将心事付苍冥。

次韵《秋思》

日月轮回冷暖更，红尘辗转自枯荣。
独吟雅韵三千句，难抵和酬一段情。

步敦和吟长采桑子

湖湘小满农家好，鸭跳鱼池。狗吠车时。瓜果盈盈挂绿枝。
举杯畅叙桑田见，稻浪吟诗。村务周知。恍入桃园眼发痴。

和敦和《玉楼春·打老虎》

连连剧透囚中虎，作伥神州终暴露。挺红保黑玩阴谋，窃国贪婪藏暗处。　　曾居天府攀龙树，号令官兵除异语。今朝朽木自难依，史册臭名超庆父。

西江月·读史

中外古今历览，群书网络详端。改朝换代究其缘，腐化骄奢关键。　　渴盼风轻云淡，感伤断壁残垣。心存敬畏度流年，何处渔舟唱晚。

杨大猷作品

紫砚润诗

紫云冉冉管如神，砚底氤氲染晚春。
润泽方圆方雅逸，诗情画意画如今。

满庭芳

扁担锄头，宝书圣像，脸盆牙刷茶缸。下乡行李，总共一兜囊。只有辉哥送我，细叮嘱、絮语嘟囔。土堤上、沉沉步履，满眼尽苍凉。

归家。三阁女、娉婷送我，鲜亮彷徉。忆往事绵绵，尽是衷肠。此去何时见也，眼帘外，似有珠光。翩翩我，惹来多丽，顿觉满庭芳。

书房联两幅

一

登高望远，揽畅意风光，享融融春色；
敲韵吟诗，添怡情雅趣，披穆穆秋阳。

二

研先秦诸子，习李杜苏辛，叟儒不服老；
忆旧事陈年，鞭儿孙后学，牛丈更年轻。

肖柏跃作品

题晚年习书法

晚年雅趣爱书法，万事悠悠付点划。
事业功名放作撇，喜怒哀乐敛成捺。
静心临池养性情，恣意挥毫颂晚霞。
不问收获勤耕耘，无求一朝成方家。

在京城席上致任建国

同庚共事共乡音，往事依稀日月新。
君作凤凰池上客，我为南海看潮人。

重游北京

相违二十五年后，乘兴重来圣地游。

遍地高楼连大厦，满城人海共车流。
圆明园里芳菲歇，万寿山前岁月稠。
应识昆明池水好，碧波荡尽古今愁。

月夜抒怀

老来寂寞何为乐，但得安康无所图。
一把胡琴一砚墨，半窗明月半屋书。

题山居岁月

闹市幽居此最佳，因离尘啸与喧哗。
蛙鸣月夜知春至，鸟唱清晨报晓达。
静看风云多变幻，闲观草木自枯华。
南山脚下繁荫处，荔树林边是我家。

减字木兰花

拈来词俏，原是诗人心境好。算是闲人，才觉花城秋意深。
多愁易老，情到浓时人自瘦。跨越时空，一曲阳关千古同。

南乡子

红叶满西山，坠落滇池水不拦。溅起微波送到岸，何堪，人字飞鸿舞向南。　　落照映栏杆，秋尽高原草木残。人在高楼极目望，归帆。阵阵秋风阵阵寒。

何良厚作品

读《常新时代不老诗》

不老诗花别样姿，翻新古调骋吟思。
放歌每有清新句，寄意全无媚世词。
性秉莲荷污未染，情痴事业奋犹驰。

感君风节仍如昔，遥对南天一仰之。

酬钟敦和春末诗词见示

频飞短讯越遥空，韵吐心声兴味浓。
同调无多当自惜，凑来俚句不求工。

重九咏怀

额上新纹共岁增，迢迢世路苦攀登。
心求坦荡存真我，性厌钻营远俗朋。
不怨河浑难放钓，但凭日丽好兼程。
登高岂作悲秋赋，笑对斜阳气尚横。

出国途中得钟敦和短讯诗稿

赏异观奇赴远邦，忽来诗讯越重洋。
殊方纵有瑶花好，细品还输藻句香。

何永辉作品

故乡好两首

一

苍松翠竹白云天，美宅良田金欲园。
还是故乡山水好，归来不羡桃花源。

二

甘居淡泊尚清流，未老回乡可放牛。
返璞归真还本色，逍遥自在不知愁。

新年在老家迎老同学钟敦和

新春迎老友，淡酒敬同窗。
舍去功名累，得来福寿长。

新年飞雪

初春巅上雪，万木著琼花。
一股山风劲，纷飞到我家。

咏木棉花

谁持火炬舞林中，人道木棉花映红。
不与牡丹争国色，只为春意笑东风。

钟建成作品

癸巳元宵寄敦和

握手罗城别绪萦，黄陵泽畔草青青。
语凭短讯情难尽，诗似春波去又生。
水漫潇湘梦远远，云横南岭路重重。
月圆今夕君何处，依旧凭栏听涛声。

白水打工

衣上黄泥与汗蒸，煤灰满面最消魂。
此身合是书生味，劲酒和诗入梦中。

深夜独酌细论花甲只差三年至今为社保做工内心五味纷呈

酒阑春夜卧工棚，检点干支暗自惊。
两度小桥欺学海，卅年水运老滨城。

寸心不为忠良悔，双眼常翻淡泊声。
日暮车山风瑟瑟，衰年诗赋最倾情。

雨后散步

芳涧崖边云挂松，梅垅雨后水淙淙。
花间信步寻佳句，误入农家酒肆中。

钟国权作品

初夏玉兰次世明敦和《感怀》

玉兰初夏惜丢春，状似莲开玉作魂。
倘若轻风时聚首，清香虽淡却宜人。

次韵敦和《修道院》

戒律森森道院深，高墙三愿锁童身。
夜阑泪染如花面，谁为青春叹可怜。

未到瑶池贺寿

西母瑶池庆寿辰，蟠桃树树日边红。
真心欲摘云中果，难拜人间十月春。

和敦和临江仙〈自寿〉

岁岁读君寿作，今年更获新声。生花妙笔著有成。他年彭祖寿，初遇杏花红。　对地对天无愧，待亲待友皆平。随翻历史说黄忠。英雄行大运，八十取定军。

蔡雪辉作品

参观南京大屠杀纪念馆有感

倭寇横行触目惊，何人逃命弃南京。
残垣断壁伤心处，介石无能白骨腥。

游华山

巍峨西岳立长空，驾雾腾云上顶峰。
鬼斧神工如削壁，奇松怪石显雄风。

后　记

本书稿付梓后，觉得有几点需要在《后记》中说明：一是关于本书的结构。最初设想不分类别、不分体裁，完全按作品产生的时间排例，诗、词、联，五、七言，律、绝体，长、短句，一律交错出现。

这种结构的好处在于能较好地反映作者创作过程中的心路历程。但缺点是形式较乱，与审美相冲突，自然放弃这种编辑方法。另一种考虑较多的编辑思路是，按作品的内容、性质等相对集中归类，将各体裁诗划分为情感天地、四时吟咏、旅途风光、诗友唱和、茶余饭后、网络传闻、新闻时事和夜半沉思等 8 个方面，与词、楹联共构成 10 个部分。这样编辑成型后，有关专家认为这种编辑方法很不科学，“情感天地四字贯穿全书，不可分解。正确的方法应该按作品体裁归类，否则，会成为笑话”。最后成书的内容结构就是按这位专家的意见编辑的。看来这样编辑也未必尽善，最大缺憾是分割了创作时的情感流露。但几相比较，我认为这种结构还是相对稳妥些。看来任何一种结构形式都难以尽善尽美，优劣都是相对的。

二是今年 11 月中旬我有幸参加湖南天华油茶科技股份有限公司举办的“中国诗书画名家攸县—武当行”活动，与许多著名诗人书法家如余德泉教授、熊东遨教授、魏新河教授、陈楚明先生等同行数日，获益匪浅，特别是得到 4 位大家不吝墨宝，分别为拙作书写字幅，4 帧雅墨已收入本书卷首，使本书姿色倍增。在此，特向这 4 位诗书画大家表示衷心的感谢！

本书在作者自行编选工作中难免会存在某些遗漏或疏忽，还期学界同仁批评指正。

钟敦和

2015.12.8 于广州

图书在版编目(CIP)数据

燃烧不尽是诗情/钟敦和著. —长沙:岳麓书社,2016.3
ISBN 978-7-5538-0566-5

Ⅰ.①燃... Ⅱ.①钟... Ⅲ.①诗集—中国—当代
Ⅳ.①I227

中国版本图书馆 CIP 数据核字(2016)第 028222 号

RANSHAO BUJIN SHI SHIQING
燃烧不尽是诗情
作　　者:钟敦和
责任编辑:杨云辉
责任校对:舒　舍
封面设计:刘　峰
封面题签:梁鉴江

岳麓书社出版发行
地址:湖南省长沙市爱民路 47 号
直销电话:0731—88804152　88885616
邮编:410006
岳麓书社网址:www.yueluhistory.com
岳麓书社天猫网:http://lzfts.tmall.com

2016 年 3 月第 1 版第 1 次印刷
开本:960×640　1/16
印张:16.25
字数:226 千字
ISBN 978-7-5538-0566-5
定价:38.00 元

承印:湖南众鑫印务有限公司